青春校园诗历·2019

李檣　主编

南京出版传媒集团
南京出版社

图书在版编目（CIP）数据

青春校园诗历．2019 / 李樯主编．-- 南京：
南京出版社，2019.12
ISBN 978-7-5533-2665-8
Ⅰ．①青… Ⅱ．①李… Ⅲ．①诗集—中国—当代
Ⅳ．①I227

中国版本图书馆 CIP 数据核字（2019）第 208912 号

书　　名：青春校园诗历·2019
主　　编：李　樯
出版发行：南京出版传媒集团
南　京　出　版　社
社址：南京市太平门街 53 号　邮编：210016
网址：http://www.njcbs.cn　电子信箱：njcbs1988@163.com
联系电话：025-83283893、83283864（营销）　025-83112257（编务）

出 版 人：项晓宁
出 品 人：卢海鸣
责任编辑：金　欣　冯展君
统　　筹：朱广金
装帧设计：观止堂_未　氓　朱　璇
责任印制：杨福彬

印　　刷：南京新世纪联盟印务有限公司
开　　本：880 毫米 ×1230 毫米　1/32
印　　张：7.75
字　　数：200 千字
版　　次：2019 年 12 月第 1 版
印　　次：2019 年 12 月第 1 次印刷
书　　号：ISBN 978-7-5533-2665-8
定　　价：68.00 元

南京出版社
图书专营店

手电

苏禾

手电
是被关起来的光
然而放出去的
终究
不能全收回来
它们积聚成夜行者的勇气
又耗散在黑夜里

冯程程，笔名苏禾。东南大学土木工程学院土木工程专业在读。

提名

雅鱼

我想为你庆祝
用酒精或者凌晨两点的烟火
庆祝你
在我的生命里获提名
我开始抹去你的面容、声音以及
初见和离别后的时间地点
这样我就能
安宁在岁月里 守着你的
名字 就像月亮眼中
水的倒影和
我所希冀的一切
悖论

我从时间的边角开始
蚕食 等太阳将青春灼伤
回忆开始燃烧
你在我的生命里提名
是形而上的哲学
我能记得你的名字
却想不起我们的故事
像晚风荡漾在湖面
她溺水却没人看得见

高星雨，笔名雅鱼。南京晓庄学院文学院 2017 级汉语言文学（师范）3 班。

他那只略有缺口的碗里装满了星河

牧川

他登上山顶，撞见野花开放
他惊叹与它们的偶遇之美
于是收起眼中尚未成年的锋芒
那些山石都顽固地抱在一起，像极了他

他年轻时用竹竿敲打的松果落入山崖
那不是爱情中胜利品
但这一生，他注定会爱上一个人，很爱
为了她伤心、落泪、抽烟、酗酒
然后把自己变成一朵枯萎的向日葵
容易被黄昏感动，对秋风动情

他曾无意摔落过一只碗
碗没有破碎，但有了一个缺口
他没有在意，依旧用它装满了星河

张波，笔名牧川。江汉大学人文学院文化产业管理专业。

绝弦

尚瀚宇

你说，你喜欢我抚琴的样子
说我的侧脸，有种苦竹般的清瘦
但我不通音律，不懂
如何在这古琴之中，寻伯牙，寻子期
寻借月杀人的剑

而你，你是单眼皮的女侠客
有时策马而去，有时仗剑而来
有时在秦汉，在隋唐，在更传奇的南北朝
冬月十五，大雪盈门
浔阳江一夜封冻，我拨断了琴弦
以身为利器，试探你的锋芒

尚瀚宇，安徽农业大学人文社会科学学院汉语言文学专业。

白茫茫一片

子需

如果下雪了
像世界覆盖上面具的所有一样
我可不可以轻轻掀开
里面丰富且柔软的苔藓
一只小白羊进去
你曾经丛林茂密
大雪封山，有时候雪团滚向马路

如果下雪了
请不要指责雪不是白色的
猎人曾来过，脚印迂回
也可能是路人

岩石上落了很多雪
白羊伸出红色的小舌头舔
一只，两只，三只

陈惠孺，笔名子需。韩山师范学院文学与新闻传播学院汉语言文学专业。

给朋友的诗

陈乐

我有几个固定的朋友
我和他们很少说话
二十岁以后更是这样
忙于收获果园里的果实

我的低俗和他们一样
像衣服里隐藏的烫伤
只有脱衣睡觉时才能看见
其他时候 尽量
装成一个深沉的人
思考一些高深的问题
黄昏拉长我们的影子
把我们引入充满智慧的树林

我珍惜彼此间的留白
在我们内心深处
关于友情最柔软的部分
是一片干净的湖泊
有两三片黄叶落在那里
轻轻抖动我们的身体

陈乐，原名魏福俊。黑龙江大学 2015 级汉语言文学专业。

两地书

程陌

他关门的瞬间，窗户被照亮了，
这是四月，雨季，偶尔有雷电，
他在两地间奔波，语言频繁地转换。
他暗感到冷，季节最后的蓝色正被
消耗殆尽，空气里一道微弱的裂痕，
安全的，没有被察觉到。磨损的痕迹
更清晰了，路灯下，他身上灰暗的
刻度，投射出长长的影子，再晚一些，
他将穿越车站，折叠时间，追赶
最后一班列车，这一系列动作的完成，
让他立刻衰老了一岁。远处的行车
打来灯光，片刻便照亮了车厢，
窗外传来隐隐的震动，他感到
有一双手，正操纵他衰老的速度。

程昊天，笔名程陌。山东大学（威海）文化传播学院汉语言文学专业。

另一种劳作

贾想

写作之外的万千工作中
我偏爱拧紧螺丝
这样实实在在的劳作
像母亲热爱
穿针引线的精确
父亲热爱
在空心砖的缝隙中抹入水泥
或剡木镶入，以实充虚
把所有的榫头都钉入卯眼

我爱木器与铁器上
简洁的数学：直角、圆心、等边三角
爱人类的野心
不逾越欧几里得几何的
五条公理
尤其，我爱那持稳螺丝刀的手
坚毅如补天时的女娲
仿佛再摇摇欲坠的生活
也能为我所修缮

万千工作都在耗费时辰
独我一人在将岁月拧紧
书橱、碗橱、鞋柜、衣柜……

当所有螺丝都站上了自己的岗位

我便回到写作

用一首诗，松动时间的屋中

所有被我拧紧的事物……

贾想，原名贾国梁。北京师范大学文学院 2017 级硕士研究生。

一月史

康承佳

一月我们都将重返故乡
承受深冬在母亲脸上的划痕
不再过问雪的去处
从父亲肩头上收回寒冷

我们在一月重新相爱
从问起你名字的地方开始
借彼此的身体打开春天
学习拥抱，亲吻以及告别

一月是唯一的人间
即使你从初生的叶子早已读出了秋季
也应该把渴念穿上
认真地去历经惊蛰和谷雨

康承佳，武汉大学文学院汉语国际教育专业。

当归

季与卿

若非东璧《本草纲目》的收留

你仍在四季绝句中漂泊

浪迹四野

却趁思念不备

三钱当归

七片桑梓叶

将羁旅捣碎

研成粉，兑上时光的水

服下这一贴偏方，念谁？

不过是

药石无医

当归止步

李梦娟，笔名季与卿。南京师范大学泰州学院商学院人力资源管理专业。

游泳馆之歌（节选）

陈钰鹏

停泊在虚空中的
敌军舰艇，从梦中游泳馆的屋顶
上方，巡视一圈，
随即远离。诸多男孩中
幸存的那个，用他窄小的透明
轮廓，吸引我缄默地
游入水的景深。一如既往，保持拙劣的
蛙式泳姿，与经过反复消毒而浸没身体的
恒温水配合，以实现
对你远逝蓝色怀抱的
无限复制。苍鹤般轻盈地
摇曳、升起、
腾挪，仿佛已悄然远离
喧嚣城市和多雾草地的
全部瞬间。预感一艘终将杀掉我的巨舰，
会在这场漫无声息的游泳尽头
等我。预感我们未曾出口的话语，
纷纷逃走，
没入夜色。

陈钰鹏，国防大学军事文化学院（原解放军艺术学院）戏剧系戏剧影视文学创作专业。

今日有雨

井中

把故乡放在雨里
坡上的马匹放在雨里
孤鸟与森林，放在雨里
行人如风
放在雨里
前几十年的白纸黑字，放在雨里

没有晾干的衣服，让它再湿一回

而一身星斗的你
出征何处
缘何不问归期

秦宏，笔名井中。广西幼儿师范高等专科学校初等教育系 2017 级文秘 1 班。

牡丹（外一首）

从安

牡丹属火象。贵族的江山绣在
锦缎上。铺开宣纸
国色就倾过千川：长安，洛阳，扬州
宫红，白檀，姚黄，魏紫
多少年了，牡丹惊动字典里的比喻
一世城，两生花
今夜宜饮，宜典当银器
宜叫上李白和八千荣华
宜眠夜市酒家，斟一壶月光
对酒花下

麦子

不该暗的都暗过了，
而光亮未至。
神叹一口气，万物就
穿上时间的肉身。
苹果在嘴唇的命名中施洗
枯一岁，荣一岁
昼夜在大地的子宫里交替
一半的昼化为夜，一半的夜复为夜
不死的麦种，
从窄门穿过另一道门

李啸洋，笔名从安。北京师范大学艺术与传媒学院戏剧与影视学专业。

夜行十二公里

谷锋

风声响彻，用自己的方式进行战斗
我们背着沉甸甸的夜色
夜色紧紧咬着光线延伸的地方
蛐蛐战歌高昂，如同礼仪兵的号角
迎接黎明，今夜
我们夜行十二公里，抵达三棵树
抵达大红梁子，抵达雾霭升起的地方
而生命，以一条河流的方式
义无反顾地赶着长路

王近松，笔名谷锋。云南外事外语职业学院人文艺术学院汉语专业。

我们看海去

囤乐

古城的三月没有海，九月也没有
可我们，偏偏就要去看海
读一只海鸟，飞翔时的高傲
抓一把盐粒，打磨红肿的心

轮子碾过夜晚摇晃的影子
穿过巷子，穿过城关
穿过青苔布满的老街与古庙
鱼贯出一串美丽的光，摇摇欲坠

没有人知道我们要去看海
也没有人知道，躲在古城里惊慌失措的蓝
在春天要来的时候，它定会出来
以漠不关心的姿态
偷窥春天色彩斑斓的世界

我的玻璃杯已注满了带云的天空
阳台也长出了大大小小的星星
可是它，只有蓝，纯粹得近乎透明
所以我们，是一定要去看海的

我要给你看看我的颜色
比起你那提心吊胆的斑斓色彩

是怎样的，撒在了春天

怎样的，亮起了你蔚蓝的波浪

与白房子里低吟的风铃

我们看海去

王彤乐，笔名囿乐。西北政法大学民商法专业。

点蜡烛

丁菡

二十岁
我一点蜡烛
就有人过来吹灭

欺负它不会说话
没有千手千眼

黑夜是被洗得缩了水
人们就以为它只有那么大
皱巴巴的
怪可怜

半个月的雨下在哪里去了
有鸟群聚落在台风眼的孤树上
陌生人指着太阳笑我
好心人指着明灯笑我

我的蜡烛又被吹灭了
我还陪着笑

接着点吧
捧着它的九条命
九条真正的生命，脚步轻盈

跳上我圆圆的肩头

舌头温柔而锋利

不眠不休的日子会突然忘了起飞

夜雨就在此刻落脚

最后，总会有个最后的

我点燃的会滚成岩浆

滴到你的心口上

丁菡，四川大学文新学院中国现当代文学专业。

父亲的鱼

袁源

父亲的鱼 不在怀里
坠入眉眼的深海
沉进琥珀
沉进熟悉的瞳孔色

背脊 用力隆起
咸腥的风
吹来一座突兀的岛屿

终有一天 我会看到
孤岛跳上岸
就像父亲的鱼
跳上他的船

袁源，四川师范大学文学院汉语言文学专业。

K131

赵浩

又一次离开郑州，送行的雨
简练、迅猛。三年来，
我的身体，只留下
两个地理名词的
相互磨损。新安，瘦成了
地图上的一粒光斑。我告诉朋友
昨晚我梦到一处流动的森林，
我没有抓紧它
回忆就喜剧性地朝我倾斜
我像一小块安静燃烧的封闭陆地
我渴望被某个人从外部打开
然后，将乌云远远地甩在身后
玉米地和山丘狡猾地隐退，陷入
落日的素描
“没有人能在狭小的善意里漫不经心”
请及时交给我
造雪工具和早起的秘诀。
在这之前，
火车很晚才抵达洛阳
月亮很薄
我看不见我自己

赵浩，河南工业大学电气工程学院电气工程及其自动化专业。

幸福的人（外一首）

时好雨

幸福的人在猜谜

一生顺利的人在撕牛奶盒

满怀爱情的人在夜里翻读日记本，并大声

极大声地

打鼾

不幸的人在模仿以上三种人

不幸只是包裹，牛皮纸的外包装，奶油纸

收到的每个人都藏好

这之中，更幸运的人可以

朗诵

使忽略不幸的听众流泪。白鸽飞来飞去

正传递着信笺

暗河中也有，或者礼物的底部

或者一次购买中，一次祝福中，一次丢弃中

我们没能查明自己幸福与否的身份

而只对梦境中的那一片湖，略有追寻

那天的生词工厂

1998 年

我的父亲还在造生词，我曾爷爷

也在造一些生词
那天的生词造好之后
核桃树再哭
就不能叫落果了

他们忙完人需要做的，火需要做的
只是一碗粉条

我见过
坟边长着绿露悬挂的针尖

两阵风打架
是不能说秋高气爽的
那天之后，我只叫它
适合风筝断线而走的日子

时好雨，河南科技大学化工系 2017 级在读。

他靠着雪就过了一生（外一首）

李亚峰

在村庄落雪的夜晚里，
并不是所有人都早早睡去，
一间低矮的房子里，他靠着一盏灯，
把目光投射得很远很远，
山川湿滑，而目光不宜久留，
他必须靠着雪，才能巧妙地度过一生。

想起白天添酒时乖巧的小妹，
井旁盘旋的草绳，
还有林中瑟瑟发抖的花鹿，
你目光所及之处都在雪地里悄然无痕，
村庄的雪落得有多深，人们睡得就有多沉。

年轻时追过的花鹿已经眼神浑沌，
那条井绳即使断裂打结也会被儿女反复
使用，
在所有老去的事物里，雪总是反复被他想起，
爱过的女人，香烟和白酒都只是陪衬，
别在肩头的雪，化了又落之后，
再慢条斯理陪他度过漫长的一生，
这一生，也不过是一场一场的雪累积，
靠着今夜的雪，
他又白白地过了一生。

给你

我身体白瓷般的季节，已经破碎，
寄居在穿梭的列车里，路过海东市，
那可爱巍峨的雪山，
我低声地问：你何时才能取一截冰雪
用来做我的肋骨。

我热恋的姑娘，
把冷漠的表情投进湖水烧成火海，
你也曾令我激动，如今却无法交付热情。
季节的流逝带走一片云，也带走一个人，
但你必将活在春天，或者秋天，
活在我绿油油的梦田。

“我能带给你的，二十年来已经丢失得差不多，
爱过我之后，
你要马不停蹄地爱上别人”，
爱带有露水的玫瑰，爱潮湿的月光，
唯独不要再爱我。
在这个世界里，身体只用来活着，
巴巴地活着，靠着烟，靠着酒，靠着诗歌，
靠着我爱你的那些昨天。

李亚峰，兰州城市学院文史学院汉语言文学专业。

再醒过来

农玉超

从大雨浸没至海防安全线的时刻醒来
夕阳开始明媚，白昼开始衰老
收音机里的女人，歌声似乎有四十岁
回放一遍，再一遍，一直听到她一百二十岁
在梦里也有一样的声音，这对嗜睡的人来说
不是什么好事

一日三餐的生物钟扰乱了拖延症的计划
男人喜欢在晚餐里写诗，诗就是第三者
趁女人把下一道菜端上来之前，他先收好纸和笔
藏起满脸绯红的小情人
又试着，偷看晚风，掀起潮汐的裙底
将思绪放缓，并不是什么难事

一口清酒使他再醒过来，用筷子夹起盘中
隔夜的花生米
时间送给他很多，成堆的稿子、满手的皱纹
还有一双能看到灯塔的远视眼，和墙上
一张蒙了尘的黑白照

又一次
夕阳开始皱眉，白昼开始衰老
男人关掉收音机，背影蹒跚
再醒过来，他可以回到故乡

农玉超，广西民族大学文学院 2016 级汉语言文学创意写作班在读。

影子

七月

放弃实质的东西
喜欢虚幻，以及扁平的身体

有光，它的生存方式
是模仿事物的形体，平静或运动
它都有通晓细节的感官

没有光，则会凭空消失
你以为它和你相似，但你却无法
了解它真实的内心

通常，它习惯沉默
像在思考，更好的去处
也不被注视，会随光线变化
将自己拉长或缩短，若感到不安时
就会进入其他影子里

——为了活着，黑暗中
它也曾尝试，站起来
打开自己，与这个世界融合

杨声广，笔名七月。铜仁学院农林工程与规划学院 2017 级园林班在读。

呐喊

三白

黄昏以后
滚烫的晚霞渐渐冷却
夜色开始凝固
开始坚硬如铁
我连一声尖叫
也插不进去
又或者
我的尖叫
都在唇边夭折

这个世界
坐满岩石
像最初一样
像最初一样
坐满岩石
这个世界

耳朵出生以前
不必讨论声音
更不必讨论尖叫

所以
尖叫又怎样

徐聪，笔名三白。南京理工大学化工学院兵器科学与技术专业。

春天随记（节选）

张建明

一

在这个春天
我愿意做一个不会移动的靶子
为有一种思想之箭的着落
接受阳光，接受月光
接受一支支排满风声的箭尾
接受自己将没有靶心，一身空旷

五

风吹进杏花
转了一圈又出来
浸了一身香气

云在水里，山在水里
云和山都曾为了爱情
做出过不合群的努力

貌似春天的
一切都在告诉行人
爱过就好

张建明，太原科技大学材料成型及控制工程专业。

今晚我们粽子吃甜的

陈超

冬天的花茶要一个小时才能泡开
鱼干不能放着过夜
如果你还打算热一些粥，记得把窗户打开

不要问为什么，因为没有原因。
你看，冬天的阳台
从来没有认真照过镜子，
厨房里升起炊烟的时候，每一秒钟
都像是雪花

若你还清醒的话，你懂得
你该表达对我的爱意
这时候我们谈起过往，以初次的亲吻为例

作为回忆的一个部分，不应该只是
夏天的冰淇淋和啤酒；
你着实该想到那些糖炒栗子的香气，在冬天
我送你的铜鼓和冰糖葫芦

当你走近我
然后走近，湿浴的空气时
请你务必要闭上眼睛。
即便我赤身裸体

我无非是觉得美丽一些
这没有什么错

如果昨夜，是你将点心不小心卖给了
过路的旅客。
不要担心，我可以给你加香菜，今晚我们粽子吃甜的

陈超，山西大同大学数学与统计专业。

十月末的歌行

伯竑桥

阳光下，我看到自己
日渐磨损的部分
透亮的微尘。
十月底，草的波纹返青
当冬衣未洗，夏天就开始陌生
许久不曾耐心地生活
这是我的过错。窗外四点
草地属于银杏，澄澈的金
玉兰树和孩子在奔走，静默
投下同样的影翳，他们
深信自己能够幸福
一年或一天。
十月底，草上正有人向我跑来
年轻使我们看起来像一个
不断误用的比喻，可惜年轻
不是修辞。我想在另一片云下
最终和你相识，透亮、恒长的
光线里，有我未知
又痛快的一生，不再磨损
只有尚未履行约定的部分

伯竑桥，武汉大学文学院大四本科生。

新京的秋（外一首）

春马

天空是谁的没有墙壁的家，滞留着
动荡不安的流云
田柄二丁目南的交叉路口
坐轮椅的男人在散步，用他的双手
和吃力爬行的目光
两个骑单车的妇女，正午的艳阳
把笑脸放大在不肯裸露的大地上
生活随处可见，生命四处穿行
夜晚和路灯谁先点亮
居酒屋外红灯笼
烤鸟的熏烟是招魂幡
一个男人，消失在门里变成一群男人
陶杯弥漫着生活之味。把灵魂摘下——
栖息在房子与房子之间的铜铃上
当风来，铃响、风荡，灵魂在呐喊
高高悬挂的不安，是东京的灵魂群

马来西亚的小伙子

水户站外古老银杏树的故事
和你的故事
在红锦鲤跃出水面的瞬间

月光定格在夜空

不再丢失美丽的人间，开始寻找

河面上，你光滑的肉身

我相信你是善良，并热情

爱上每一个人，都会送给他

温暖、永不熄灭的火

如果你能将每一封寄出的信

印上你的吻

得到悲伤的只有我

张其挺，笔名春马。日本流通经济大学社会学研究科硕士在读。

洼地

比目鱼

清晨的短信
如同一道积满灰尘的石门
你已许久未打理我们的关系

桌面上烧开的水壶翻滚着热气
玫瑰冒出暗红的香气
那温和的嘴唇曾吻过清晨的沉默

公交车在小道间穿行
视觉在缓慢的瞬间跌倒
几颗石头深深地陷入脸颊
我知道爱
总会在冷淡时留下深陷的洼地

林楚燕，笔名比目鱼。韩山师范学院化学与环境工程学院环境工程专业。

风说出了他的疼痛

何清音

他有很久没有欢唱
因为土地上裸露的石头
因为山上堆积的、剩余的水泥和瓦片
从很多年前就潜入身体
在心脏里搭建别人的房子、家庭、和期待
血管搭在小桥流水上
架在骨头做的亭台楼阁上
在城市不熄的光亮中
不息地在水车上转动
风绕过去
搂住清晰的水花声
说出了他的疼痛

田宇，笔名何清音。长春师范大学文学院在读。

关于平等

七秀

凌晨三点的汽笛
是个老朋友了
它爬进铁轨穿透黑夜
来到我的身旁

与它注视
容易让人想到死亡

想起昨天这个时候父亲发来的消息：
你妈妈又吐了，给她挪身体时胃管出来一截
明天一早到县里再去换
听你奶奶说你表哥的分考南大好像不够
其他没什么事

练字还在练吧 能坚持就好
努力是最平等的
在外面注意身体

我盯着屏幕 想说点什么
也许死亡比努力还要平等
尤其是
当海涅的凉爽夜晚作为背景时
死亡便是唯一的平等

李大树，笔名七秀。湖南人文科技学院数学与金融学院 2016 级金融工程专业。

接力

廉德贵

靠窗座位上传来一声：
顽固不化。
放下手机的年轻女孩儿骂道。

这个词的后半截
让我忽然想起多年之前
一位诗人的狂言：
我诗不出，大雪不化。
想想现在，真让人叹气。

妈妈，那个叔叔干吗叹气呀？
座位尽头的孩子当然不懂，
但还年幼的好奇心
帮助他一下下地拽着
妈妈的衣角。

冬日的运通 114，已把妈妈的耐心
颠簸了一地。妈妈没有注意到
孩子的困惑有多么认真，
她只是感到自己的衣角
正被一点一点地

卷进脚底的车轮。

于是她开始与司机争吵。
混乱中，司机把方向盘越握越紧。
他想起那些坠江而死的同行们
忽然感到了江水的清冽。

廉鹏举，笔名廉德贵。北京大学中国语言文学系中国古代文学专业。

一次谈话

谯江龙

比如，你我之间隔着繁密的星空
沉默的时候，沉默是圆形的
阴性的爻辞像筷子悬在半空
比如，我们谈到台风和逝去的洪水
风雷连同古老的瓦堆轰然倒塌
广场被广场之外占领
比如，你说最近的物价在上涨
但你无法克服重力
你自己在不断往下沉
比如，我们如何做一个父亲
我们如何做一个人
避免上当的代价就是
变成一棵笔直的树，并变得无用

谯江龙，北京师范大学文学院语文教育专业。

磁带

阳涵璇

一

他已经逐渐习惯不再吃肉
不再持箸盘中，却犹豫而去，依靠
腹中蝉鸣，度过雷声浪漫的日子。
往昔大雨滂沱，他想起
乡下的夜，躲进大号雨衣下面
哥哥怀抱削长的竹竿，拐过潭垄
消失了踪影。
阴云，船一样停泊，他隔着折返的雨
像过马路。
像一个疲惫的人，必须重新来过。

二

即使是呜咽太多，也无法解释
她昨晚呼吸深沉，梦境冷淡，
醒来后却用纸写下：
滞留幽燕，面朝中原。
为了一个人的抵达，她必须
作出艰难的选择，
北京、上海、布鲁塞尔
城市越遥远，隐喻越漫长。
晚餐时，她饮入少量毒酒
告诫对面的贪心人，杯愈净，人愈蠢。

"杯中若无酒，婚姻也到头"

她们哈哈大笑，果真触怒了她眉头深处

骄傲的白羊。

回来后翻看一本新的《伯罗奔尼撒》

她习惯早睡，照例做梦，

梦境每晚重复：

一千个英雄，轮流死去。

阳涵璇，湖南警察学院法学系在读。

家事

种种

回到家中，开灯

有人躺在沙发上，裹着毯子

他正睡着，或者死了

冻鱼已被吃掉

我曾爱他，或许是她

我爱过所有的一切

直到离开断水的家

又返回来，像块肥皂

等水来，受洗，一次次

死在水中，鱼子混沌

却比水更寡言

种种，本名安嘉勋。黑龙江大学法学院法学专业。

怀念

陈陈相因

海棠终究还是穿膛而过，在你脊背
开成一夜绚烂，凋零的只是我的眼睛

我们结束如轻吐的烟
从前，我们是一座城池
牵手的围墙，说只有彼此能懂的方言
不管回忆如字，崩塌轻松如抽薪

我们断送誓言放生般轻易
以前，我提防除你以外的所有人
包括自己，常露出不能霸占的嫉妒表情
冲动，不安，撞破你的身体

从前过后，你的沙漠未伸出一条河流
供我搭桥。宇宙枯萎成含恨的陌生
我模仿疼痛，模仿时光，也模仿你

我该怎么告诉你，我已走过我们的远方
那些你不曾回头的日子
我的椅子依旧面不改色地
坐满了人

陈陈相因，吉林大学文学院汉语言专业。

风信

水母小刀

如果我用岚烟去感受
风便有了方向
如果我用柳叶去感受
风便有了力量
如果我把思念卷进烟叶
风便在点燃的那一刻出发

好吧
风，你替我捎信的时候
千万不要爱上任何人

刘海若，笔名水母小刀。沈阳理工大学经济管理学院国际经济与贸易专业。

忽略

付炜

万物在时间里消解，人眼浑浊
对镜，听叩门声，当镜头转向
公园早晨，舞剑的老人，在湖边
柳枝低垂，树下小孩手里抱着手机

拒绝了所有的悲喜，这些年
无数张洞开的嘴，无数牙齿挂满露珠
无数夜晚陡峭，人抵达何处
在匀速的摆动中，泪水不断涌出

玻璃渣子重现昨日的狂欢
下一次见面，取决于一个好胃
一个坏天气，日常的戏剧性在于
猫的失踪，内心的猛虎突然减龄

他懂得了慈悲，慈悲即是忽略
音乐里的休止符，窗帘、眼睫
深夜的大街，日子的真相……
都有自身明亮的方式

付炜，四川电影电视学院编导系在读。

朝圣（外一首）

赵琳

从海西到拉萨，我看到
一个用额头走路的人。
她把路上的崎岖，当作佛陀与上师的教诲
她厚厚的护膝被坚石磨穿

她的男人拉着板车，走在暮色里。
他在天空下撑开帐房，把餐具、水壶、青稞取出。
宁静的草原，有一簇柴火的微光
像牧场和星空的变奏

雪夜

雪夜，我经常和雪花结伴
大地无疑安静
沉睡得像满月的婴儿，唯一
在茫茫戈壁回荡
来自荒野不安静的声音
那是一双湿透的鞋子踩疼雪的时候

雪，布满鸽子羽毛的洁白
雪，和碗里的盐一样重要

雪淋湿马背的鬃毛，藏民朋友卓玛
在不远处的毡房，望着
这条茫茫风雪的道路
他用干毛巾抖落马背的雪
和上午给它戴银色马鞍一样小心

赵琳，西北师范大学知行学院学生。

林中鸟鸣

郭旭升

头顶的积雪渐深
那些从时光中溜走的黑
正一笔一画被映现在纸上
风雪愈深，溜走的黑也愈多
写出的字与苦难也愈浓重
几十年来，老去的诗人渐渐明白
笔墨的黑是头顶的积雪换来的
曾经，他也拥有一头乌黑的森林
只要静下心来
便能听到林中的鸟鸣

郭旭升，西北农林科技大学食品科学与工程学院食品质量与安全专业。

我们拎起月光，收割病的骨头

华东民

月光治愈树疤，你说到爱
那么轻巧的字眼。
我们在白天褪漆，夜晚镀金
你保留美好的事物
腾空一切。我们驾驭自己
遗忘被点燃的肉身
你说，爬上屋顶摘星星
一
二
一万
这辈子也摘不过来
我们是被摘下的星星
在人间闪烁和滑落
我们降临，以人的形态
被灵魂选中。
所有丑的部分——
我们拎起月光，收割病的骨头

华东民，曲靖师范学院人文学院汉语国际教育专业。

十月

加主布哈

这一年，面对一切不彻底的事物
我都端奉出自己，包括
选择在不吉利的日子出远门

十月，粮仓满盈
我坐在田埂上，不觉中
把手边的草打了很多个死结
这真是个适合精打细算的夜晚
月亮缺了三分之二
马蹄印在星空下亮出朴素之光

这一年，父亲翻新了两次瓦片
每个傍晚他都蹲坐在屋檐下
把村西那半亩地种出来的旱烟
混卷着母亲的唠叨，全吸进了肺里
这一年，他“叭叭”出来的烟雾
比说的话多

这一年，我就像一颗趴在河岸的石头
有一半我，溺水而亡，另一半我
打捞着自己，怀疑着自己

加主布哈，成都大学商学院国际经济与贸易专业。

致李清照

——“知否，知否？应是绿肥红瘦。”

柳下舟

应当有这样的夜晚：海棠在雨水中枯萎
滴答声中，万物集体哑口。你在暗夜褪下衣衫
将心中的骏马送往田野，那边辽阔如
故事里破灭的星辰
你用雨水浇灌一个女词人的身体，看着它由枯竭
向充盈过渡。变回鱼的过程，像重新
打开了生命的流向。你渴求这样一个夜晚
草木为兵，山川无事
那时就可以把尸体归还给战争，项羽
归还给江东……

柳下舟，原名万健强。南通大学文学院秘书学专业。

下雨

祁十木

太俗。我是说写下雨比下雨更俗
但我不同，这个动作是我本身
每当我咀嚼哭的欲望，天就要下雨
我省下泪水，我看清自己。

记得八月初，我在一家杂志社实习，
下班要穿过细长的巷子，雨
随时可能来临。它常常准备
几个小时，但就下几分钟了事

那些穿着渔网袜、倚门卖笑的姑娘，
相互搀扶、买菜归来的老夫妻，卖瓜果的小贩，
发传单的学生，抱起流浪猫的情侣，
还有偷车的贼。我们都在等待

下雨。我们都在等待雨停
当我站在某个店铺门口，甩了甩头发后
我有了一种偷情的快感，仿佛那些黑云是我的
情人，那些彩虹是钢琴曲

他们都已离去，脚步匆匆。
这些陌生人，时常敲我的眼睛，
然后转身就走，留下湿漉漉的

我，怀念另一个无眠的晚上

或许世界是雨的另一个名字
我迈开步子，趿拉着沙哑的帆布鞋
就这样走，就这样一个人下雨
一个人听

祁守仁，笔名祁十木。广西民族大学传媒学院影视文艺理论与创作 2018 级硕士研究生。

唯一的酒瓶，
唯一的我。

玫瑰在花园醒了，
猫咪飘到脚边。
穿过那些年轻的微风，
你的影子，
安坐在我身旁。
拧开阳光阀门，
多么美好的午后。
就连酒瓶，
也不孤单了。

王嘉玲，笔名王藏玉。韩山师范学院中文系汉语言文学专业。

我的金鱼没有再次回来

吴港元

十二月冷了下来，外祖父住进新的房子
一动不动
没有人再对喝酒的两只小猫
谴责或者怒骂
我朝着五十亩的河，倒了一瓶酒
天上星星和河里石子皆昏昏欲睡，像喝醉了的小猫
我粗鲁地把玻璃打碎。外祖父送我的鱼需要自由
要送它们去一个充满鲜花的地方
……手捧阳光地离开
——有人在树上寂寞、有人在夜晚痛哭
而我的金鱼没有再次回来
而我的金鱼再也没有回来

吴港元，贵州工程应用技术学院在读。

晒包谷：有一种活着叫不需要太多念头（外一首）

风语

往年
给黄瓜留种
是剖腹取籽
于烈日下暴晒多日
如今晒包谷如是

需要如此
蒸发它们体内幻想的水分
那些个微潮的日子
才不会在盛装的器物里没完没了地
想着发芽的事

在人烟渐少的村庄，谷物与杂草和解

天麻麻亮
就到了包谷地
行走其间
在人高的杂草中，感到了祥和

楠木深处
每年都有老人逝去

每年都只是新年祭祖才可见成群的人的村子
谷物与杂草和解
不再是你死我活针锋相对的生死仇敌

这村子太孤独了
它们需要如此抱团，才能
护住那点取暖的星火

宋浪，笔名风语。重庆第二师范学院旅游与服务管理系房地产开发与管理专业。

关于月亮的传说

阿君

在夜里

母亲常常把石头装进口袋，带回家

有时候我们的书包里沉甸甸，一定

不是书本，不是面包和零用钱

一定是一颗椭圆石头

有一个夜晚母亲没有捡起石头

月光钻进她的身体

染白了她的头发

一直以来

月亮从来没有割下过我们的耳朵

王治军，笔名阿君。中南民族大学文学与新闻传播学院 2016 级新闻学专业。

台风

江漓

高温融化了人群，炊烟
从水塘的裂缝溜走
别叫那些影子，在灶膛前
的墙壁跳舞。碎玻璃带着暴雨
退隐于风中的倒影。西南的火烧云
俯卧于枕。暖意化开嘴唇与月光
墓碑在牙床上，咀嚼
这个松动的夜晚。枕臂而卧的人彼此
两不相欠。乌云此刻应从房门东侧窜出
在旧衣的袖管中大咽口水，屋檐下
南风结网。两只蜘蛛在
泅渡。试图越过贫瘠的海岸
辗转耗尽夏日的
余温。赶在早饭前撤退，回到横梁
继续捕风捉影，为老宅
悬丝诊脉。此时，西太平洋
暴雨将至不至

曾永龙，笔名江漓。闽江学院人文学院 2017 级汉语言文学专业。

第七天

陈航

我已经麻木了，身体里抽不出玫瑰
这干瘪的树根在体内生长，不发出任何声响
我与孤独同居，当夜晚到来
它就是我身体的全部。脑中偶尔会闪现些烛火
这令人发烫的刺，如疾驰的马匹
嫁接在各处的伤口——
我习惯了忧伤，可我还爱着你
你的话语在树根上行走，在我体内为王
春天这么多枝叶，这么多桃花
我惊恐爱没有在上面驻足
请你爱我的枯黄，让石缝处细小的芽儿
在春天之后，再长出一个春天

陈航，海南医学院第一临床学院临床医学专业。

晓梦迷蝴蝶（组诗）

君凉

一

有关梦的所有修饰词都很沉重
梦有梦的逻辑学。修饰的哲学

在时轴上跳跃。丢掉肉体
灵魂，丢掉一部分疼痛

距离并不一定要遥远，脚趾向
某一方向偏离，身心倾倒

神经休克。亿万个记忆细胞集体
休眠，它们将回到现实的悬崖上

二

指一条小路，指几间空荡的房子
指几个模糊又熟悉的久违的面孔

指一些生活场景，一段姻缘
性感的腰身，长长的马尾辫子

指几件家喻户晓的故事，诡异的
惊悚的。指一群调皮捣蛋的玩伴

指几棵枯死的老柳树，一首诀别的歌
指一张空虚、悲悯、终不得哭的脸

三

将遗憾的定义再度扩充。包含水及
空气，包含迷路的蚂蚁、鸟儿

包含炽热的泪水。一个人在墙角处
号啕大哭，喊出另一个人的名字

让声音也再度扩充，无声地嘶吼
尖锐目光穿透群山，绕过时空的墙

让天空再度低垂，再度挤压绝望的空气
让刻骨铭心的遗憾渗透每一滴血液里

四

异域的风景线还在摇晃，坚硬的马路
冰冷的围墙。如僵尸在远处踉跄

一些冰冷的词躺在河床上
极力地吮吸。倒在一些词的血泊里

尖刀、暗剑，如雨后春笋般生长
灵魂与肉体融为一体。肮脏的灵魂

阴谋吞噬阴谋，小巫吞噬大巫
星星吞噬掉黑夜。梦吞噬掉梦的假象

五

疼痛隐藏着美。折断的翅膀在空中
飞翔，所有美的东西都藏着一只蝴蝶

哪里有花朵哪里就有背叛，遗留下种子
与火焰，在一场大雨里燃烧

爱一切有关死的讯息。与时光暗合
与干瘪的麦穗暗合，与疯长的野草暗合

与逐渐远去的背影暗合。把心锁在
一间屋子内，与一场场陈旧的歹梦暗合

付军良，笔名君凉。兰州理工大学理学院计算数学专业。

伪诗人

初霁

他们说我是女诗人
在杂志上不熟知的笔名
照片是关于我的确证
图像比文字真实

我不是诗人
我没喝过酒
我没踩过黄土
我没坐在葡萄架下听过一曲民谣
我还没识清世间一张张悲苦的面孔

就算全部做一遍
我也变不成诗人
诗人在下雨时跑到书里取暖
我就去淋雨
感冒后用诗集擦鼻涕
看上面的字反射黑猫冷峻的眼神

我追求一只野鹿在思想的林地
不去颂扬母性的光辉
不用任何道德的枷锁将她圈禁

与她一同奔跑

抚摸她柔顺的毛皮

给她最鲜活的血液

我没有工具

连笔也没有

连固定的躯体也没有

连飘忽的悲悯的心也没有

我如何做得了诗人

我恐怕还做不了一个人

蒋雨晴，笔名初霁。南京师范大学中国现当代文学专业。

镜子

靳朗

我独自坐在镜子面前
这面镜子前，曾坐着
我的妈妈、奶奶和姥姥
以及遥远的母系氏族
未来的女儿和外孙女儿

她们对镜贴花黄
谈论口红的颜色与眉眼的形状
衣襟上花纹与织样
苍老爬上发丝
乳房结满果实

而此刻，我独自坐在这镜子前
赏玩自己眉眼的纹络
唇齿的模样
有一天我也会老去
只是，我的乳房从不结果
我照镜子，只给自己看

靳朗，本名靳文鑫。中国传媒大学硕士在读。

外面

刘乐山

图书馆二楼的阅览室
我低头看到我的鞋子
这一个月
我没有清洗过它们
鞋子不像内裤袜子那么贴近身体
看起来好像是身外之物
整个月
我还是老样子
经过相同的地方
从餐厅到宿舍
从厕所到教室
这些起伏不同的地面
我踩过去的时候并无两样
鞋子总是把我的感觉处理得很平静
现在它的表面附着一层灰
经过一整个月的记录
已经让它看不出原本的样子
我看起来要好上一点
按时刷牙理发和洗澡
与常人无异

图书馆明亮又整洁

落在地板上的我的鞋子

显得格格不入

我打算明天或者后天

把它刷洗干净

教它学会如何装饰自己

不要只顾走路

不要只顾消解感情

刘乐山，山东农业工程学院艺术系视觉传达专业。

失焦

颜祺涵

一

焦距里有一个乡愁。
透过这扇窗，脚手架
每天以诊断书的速度向右
书写着对面楼。殷红警示灯
花冠般脉动，工人们齐晨兴于
这凌晨四点的海棠。长街松垮地
串起两种文明——已相隔遥远。但
对视偶有发生，像亚当偶尔被智慧触及。
脚下这一小见方是你我恩爱过的居所，
头顶横梁直插料栱：我们的骨节
仍恪守古老的营造法而彼此咬合。

二

这些日子我远行在白鹭之外，
知更鸟依旧在你舌苔上打滑。
我再也不像从前那样：半吊子孤独。
回忆起生活的质感，像是用扒过袜子的手
掏薯片罐，再谋杀几卷菲林，捕捉些
虎牙般讨喜的色彩。光源
总来自火柴，（他这样打光，
哪怕心爱的东西
易燃。）静物都楚楚动人，
上下四方偌大的堂庑，整个晃动。

三

我这无知的孩子向往暗处，无知
让瞳孔放大。角落，雕花橱永远阴沉。
黑白画报用来垫了桌脚。上面年代尚早，
黑鸦和机械化都还不成气候，你一度春风得意
执行着遣散与解雇。轻曼的柔荑终是强敌，
让农人心甘情愿远离收成。可无人见证
的收成果然比谋生还要消耗，“像肺炎
对吗？”你再三缄口。日复一日
就连庭院里枝茎的生长
也是一种减损了。

颜祺涵，上海大学上海美术学院雕塑系在读。

蒸馏仪

袁伟

最柔情的往往也最坚硬
比如水，高温会让它
学会善变。像一个习武之人
每个破裂的水泡里
都藏着苦修多年的真气
为了逼出土壤中
某些积聚已久的毒素
水不得不一次次说服自己
拿出半成功力
何止是“善利万物而不争”
它用浩气打通仪器的所有关节
直到溶液完全适应
时间的一次又一次蒸煮
某一瞬间，我曾听到
水和水的分身
隔着一根冷凝管，相互拥抱

袁伟，扬州大学农学院农学系在读。

海岸即景

周幼安

必须营养丰富，必须
含有多种矿物质。
必须有椰树拉起铁丝网
让晚风一不留神触电。
奔跑的男孩，必须戴天蓝色帽子。

鱼必须新鲜，就像水果
必须有他们排除异己的语言。
空气必须五光十色，又
有太阳穿过抽象，可疑和佯装的悬念。
帆船必须平稳如笔划过硬卡纸。

必须欢迎飘摇的快乐，当女人
举起缤纷手帕，无数相机
必须及时扑捉那难得的天真一瞬。
必须时刻保持警惕，
面对每朵随波逐浪的玫瑰。

周子菲，笔名周幼安。东南大学人文学院中文系在读。

第一场雨

范庆奇

在兰州，雨比雪更让人惊喜
站在黄河边，我把头仰向天空
伸出舌头接一滴雨
辣，真辣

好多时候，我反复练习这个动作，适应
用舌头接住一滴雨
用尽全身的力量拥抱雨水
往往，我都是哭着跑回家
讲述一滴雨，辛酸的一生

它的出生足够艰难，从土里长到天上
又回到土里
由一滴雨，我想到了父亲
他已经久居地底，怀抱着无数条暗河
这些年，祖父老了，祖母老了
唯独我越来越强壮

一年，十二个月，分四季
现在是暮春，接下来是初夏
我从体内掏出另一个自己
安放在一滴饱满的雨中
静静地休眠到下一次雨期

范庆奇，甘肃中医药大学针灸推拿学院 2016 级针灸推拿学专业。

地震十年

交通网伸展开去，带来一年两度
的候鸟问题。求学的游子
在这里住得太久，又不够久。
京城的镜子，重新启发了成都。

从高压锅般的首都长出翅膀，
文科研究生飞回南方。蜀道之难
难于做一个自由人，细雨中
在小火慢炖的蜀中格物饮酒。

毕竟十年前那场大地震，留下的
成了纪念会、诗歌、墙上的细纹。
毕竟我也曾对生活无知而轻率，
在成都的清晨懵懂地赶路。

赶出了一片大好前程，并以为
会远走高飞，出现在大梦的任一处。
但那个震垮了地方的百年债务
（是个人的，也是集体的）

并不容易埋葬。我羞愧在当初
那个在逃难间隙看歌德的女学生
也是一个对人类缺乏理解力的人。
所以一次次检讨、自习、从恐惧

理解自我的生物性。一片老楼
会换算成一笔拆迁款，并因此
慰藉失败者黯淡的心田。一个人
从集体无常中提现，最后的一课

是家乡的逼问。虽然它安乐、宽容、
也不乏温婉，但你仿佛对爱人忏悔：
当年的诸多死别里，我也曾无知地
扮演了一个侥幸和议论的读报人。

康宇辰，北京大学中文系现代文学专业。

偷火者

谈燕婷

从你那黑燧石般的眸子
淬出零星光火
让我曝光让我
变得易燃且
毫无杂质

你在清晨祈祷
细细擦拭无光的宝石
如月光轻抚失温
的彩鹦贝，我的发
无声地攀月藤

你擦亮我像擦亮一根火柴
贴近瞳孔
复印一些光火
Prometheus，你说：
“月球的光充其量是
太阳光的反射……”

你捏熄我像捏熄一根火柴
剩下的碳煤不妨

向我瞳孔里扔去
让我的熄灭让你
提前适应清晨的光

让我的熄灭让你
提前适应世界的无光

谈燕婷，江苏师范大学敬文书院汉语言文学师范专业。

迟来的，或者更远的

许淮南

一

黎明，是一块五点零三分的三色木头
留给马尾一场冬，或者更远的
黎明

悬挂着的太阳，把我周身打量个遍
五天不盈满，就施舍给四天多点余晖吧
因为，这里有个女人深信
有太阳的夜里，冷会结成冰

会有风来，会有半场雨
我的海子迟来了一天

二

太阳的路很长，草原的路很远

海子，我该
如何叫出一座山的乳名
带走一条河，一片草原

没试探过贫穷，饥饿和死亡
灵犀，用余生去换一捧苦荞
路过那穆吉木岭往下延伸出的布哈河
在去往吉拉布特的单行道上
刺猬，松鼠，火把熊熊燃烧
洞窟累累，坟般广阔

不知道神明从何处跋涉而来

三

你说，执意要走的人，骨子里都住着风
我不过是藏在风里可以驯服的兽
不过是一阵风被另一阵风突然越过

你说，不可捉摸，不露痕迹的
风，要比阿尔的太阳更真实

有很多种黄昏，住进同一个女人的眼里
往事碎了满天，暮色开始往下跌
你说，我该走了

胡家榕，笔名许淮南。成都大学文学与新闻传播学院汉语言文学专业。

最后的夜晚

东流岸

彻底失业的一晚

房间上彻底熄灭的灯

饭桌上彻底少了一双筷子，一副碗

锅灶间多了一顿口粮

那天没有告诉母亲就来了

这天没有告诉儿女就走了

大地上的事不期而遇不期而离

总来不及吱声。这个夜晚

安静到针落成河，床上安静到无声无息

最后的夜晚

最后一句话也来不及

张东，笔名东流岸。贵州理工学院电气与信息工程学院电气工程及其自动化专业。

两难

郭峰

我们爬到楼顶上种麦子
向天空隐瞒城市
我们囤好了过冬的粮食
雪却迟迟落不下来
——雪落不下来
我们就不会分开

我们用枯木搭建温暖的房子
拒绝在人群中哭泣
我们把云朵织进新买的棉袄里
雪却迟迟落不下来
——雪落不下来
我们就没有未来

郭峰，福建师范大学文学院中国语言文学类专业。

冷波光

王祝

涨潮后，李湖水浊，雨舌不断喃喃
酒，巧妙剖开你的发音
而等她重整波光后，你返身忏悔
或是吸烟，狠攥着某根卑劣的栏杆
并把两个夜晚，搭在颧骨上
此时若坐在雨中
便发觉：蝴蝶已斟满楼台

但风仍算计着我们的冷，算计着
寒和未寒的日子，哭和未哭的距离
纟曼缦兮，有风有雨的身体
像哀歌，如此清醒地击响孽欲
钟才指向十点整，我们怀旧般的愈合或者
愁。都夹着纵乐后的虚无

小镇也跌进远远的浪中
第二遍了，我没能住进别的念头
你想用掉他们。这些废旧的云
替我画好了我所栖息的一切
我感觉如此遗憾——
罂粟般的女人，让我们稍作冷静

王祝，重庆交通大学人文学院新闻传播学专业。

十月，断章

吴海峰

入冬前，雾锁窗外的蜃景
不会是停靠街边的舶来品，我们习惯在白日梦里
取出尽多的莹白，被
包裹于粗糙的躯壳，以此作寡居的证明
亲爱的，我们最后一次对话，是某夜三点。

“把苦涩的呓语，交付歧途” 如果我
可以去接你，把崩落的雪藏于身后
翕动的河水引向别处，你也不必隐身于琼枝。

如今再多的果设句，和吐出的一些湿热词语
被卷进冬日的条纹，再往后，成为稀疏的毛发
一卷卷皱巴巴的纸，或
如果可以在雨季里给你写信：
悬挂的风铃响动，一如群飞的惊雀
却飞不过你这座幼小的山丘。

吴海峰，湖北理工学院 2016 级汉语言文学专业。

麦琪的礼物（选五）

尼宁

“一块八毛七分钱。全在这儿了。其中六毛钱还是铜子儿凑起来的。”——欧·亨利

一

只有时，我们收起内敛的悲伤
我们烧掉书信的灰，在废纸篓里露齿一笑
十二月的窗台上孤零零地躺着几颗苦杏仁
一些烧毁的段落以灰的形式弓起
在无风的黑色末日里
凸显出一双书写薄暮的黑色指纹

二

墙外的瓦上生起苔藓，墙外还有什么？
一群闪亮的乌鸦在柳树的枝丫间蹦跳
一波赤裸在外的绿根在石头上雕刻：
赐你富有的眼睛，让你的美梦贫穷——
我们再也无法整夜醒着
——树叶扑簌簌地飞来——

三

夜气未散的清晨
星星被海水静静地冲至天边
空气中饱含着刺玫花的新鲜苦味
白杨树笔立着自己的灰色
清真寺上方的白月亮隐约露出黑色的轮廓
昨夜拾捡苦曲菜的铲子上一层黝黑
鸡啼的声响沉落，犬吠从林间传来——

四

裸体的小孩蹲在缓坡的长长坡面上
葱茏的麦苗正轻轻地泛着涟漪
几片云朵按着肩膀投下淡淡的阴影
远处的麻雀忽而飞起，歌唱着，又急速落下
受惊的鸽子咕咕地从村庄里飞出
在夕阳的橙红色缓缓转身的瞬间
它们伸长脖子，停在被青草掩埋的粪堆上
饱满的胸脯映着鲜红的光芒——

五

当我梦见海岸的平沙上

泛着白沫的退潮支援着白鸥寂寞的叫声

丝绸般的海水从眼睛里滑出

我知道你我欠缺的是独自栖居的庄严

我醒来摸一摸下巴

夜晚为我蓄了满面的胡子

外面的风没有吹，像世界静止没有了气息——

尼宁，原名刘旭光。兰州财经大学商务传媒学院 2016 级汉语国际教育班。

地表的斥力

沾泥

脸上蒙着白色手帕
臃肿的身躯竟瘪了下去
小床前乌烟瘴气
纸盆烧得正旺
灰渣扑到了父亲的脸上
他在呜呜地哭，我前所未见
样子倒有些搞笑

等到了中午，该来的
都已来齐了。几个壮汉铺开白布
把她裹了进去，系牢
然后喊到三，一齐抬过头顶
小心地挪出屋子，挪过
家门的横梁

当她渡向白色面包车的时候
我感到地表涌起一股
强大的斥力，将这块裹尸布
永远地悬浮在了半空
再也不属于大地，再也
落不下来

李国栋，笔名沾泥。中国人民大学文学院文艺学博士研究生。

2016 年 11 月 15 日观超级月亮

渡秋河

那不是你的年度月亮
那是谎言
虚构的酒瓶盖
它轻飘飘
绳索一旦离开你的意识
它也会飞走
人们都说它最大
你手里的酒杯也装不下它
二十四桥的夜晚装不下它
流泪的河也装不下它
也没人吹洞箫
没人拉二胡
你说这年代谁有空玩这些
你听吉他和架子鼓
听耳机里的歌曲
再抬头看时
你说“告白气球”飞走了

孟城境，笔名渡秋河。华侨大学文学院中国现当代文学专业。

在寝室

不然

木头的味道穿刺进水泥堡垒
那是阳台上没有熄灭的烟头
我知道他抽完一支就上床睡觉
或者对着屏幕微微的光亮
蚊子轻轻地飞，温柔又聒噪
我们插上耳机放下床帘
堡垒里面堆叠堡垒，夜晚无能为力
它充斥堡垒外部，由轻度雾霾和
这座北方城市的一切，匆匆构成
只有四个人，若干蚊子
昨天是这样，明天也是这样
我们躲在空调和暖气的空洞内部
小心翼翼地生活，习惯于零碎的空间
保持礼貌和距离度过一天，直到夜晚
就各自封闭，像结蛹的虫那样
缩进被子，虽然也没有期待什么
但时间自顾自地在堡垒外部流动
这是我唯一的最后的惋惜

陈虎，笔名不然。北京大学中国语言文学系中国语言文学专业。

夫妻

蓝田

我们离开以后，房间里安静许多
不再有争吵的声音
邻居也忘记了做爱的动静
家具们离开了你清洁的手
落满灰尘
穿过的衣服还等着我们去穿
多久了，婚纱照还记得我们的甜蜜
那真是多美好的一张
看见它就让人联想到爱
绝不会与你受伤的额角有关
冰箱里陈列的肉互相消受
我贴近你做饭的后背，洗碗的声音
传到客厅，那种变干净的声音持续多年
把你的手洗得更像妻子
关着的电视里无声播放着球赛
我们的好朋友在各自的家庭欢呼
他们好久没来了
如果有一天，他们经过
会看见
我们的植物生长着
已撑破阳台

蓝田，本名黄书钿。深圳大学电子科学与技术学院微电子科学与工程专业。

围炉之火

杆尘

外面是一场大雪，像素的火炭时隐时现
我的女儿在火盆的中央跳过来又跳过去，
她不知道，在古代，这是嫁给一个人的必经仪式。
她的动作很调皮，上升的火苗把她的脸烤得通红
有时她转过头来盯着我看，假装雕塑
被我识破之后她会哈哈大笑。妈妈在柔软的藤椅上
劝诫她的外孙女安静一会儿，妈妈七十来岁
还是会思考很多事情。除了生活的琐碎之外，
她偶尔会请教我怎么写信。我说写给谁啊？
她只是笑。白色的窗帘在冬天更显冷清，
有时候看不清什么是雪，从玻璃外面，散行的路人急急哆嗦
哈着气。原始的取暖方式一定使他们受了不少苦。
其中一个戴黑色棒球帽的年轻小伙子，正努力把眼睛压低
风雪来得太鲁莽。我的女儿说，要不要请他们进来坐坐
——如果谁愿意翻过这镜面的湖泊来敲门。

杆尘，原名曾庆。广西民族大学 2017 级政管学院政治学与行政学专业。

都市森林

原星子

钟声在五点准时睡去
染上金边，陈设在寺院升腾

没人听见大佛哭泣，没有人
在忙碌中恋爱。没人听得见
秋天树丢了外衣。人把衣服脱下一半
把记忆移植一半。丢下另一半
佛把袈裟舍去一半。肉身抛下
森林超越了一大半
森林载着野火奔向野火
没人愿说话并相识，野火沉醉

没人度化佛祖。
舍身饲虎与武松打虎不相识
城池开放。城池沉沦
人间煮沸。人间温凉

故去的绿袖子生了绿锈
春天小溪水忆起海子

段文博，笔名原星子。西北大学文学院汉语言文学专业。

我的玫瑰
是个哑巴

北安

有人单膝下跪就能得到爱情，甚至不用玫瑰
但我和众多平凡的人一样，只能驯养一朵玫瑰
叫她忠诚于我，忠诚于我内心的雪
偌大的空白等一个人填满
我当然和其他平凡的人一样
也教给她全世界通用的语言——微笑
教她如何讨人开心
如何安慰伤心的人
教她如何设身处地地为他人着想
如何可爱
如何优雅
如何做一个可靠的倾听者
甚至如何一直保持粉红的羞涩
然而就算这样
我总还是与我爱的人擦肩而过
因为在众多的玫瑰当中，只有我的那朵
是个哑巴

刘树祯，笔名北安。闽南师范大学文学院在读。

孤独的一种方式

亦尘

至少天桥的存在是合理的

让每个夜晚，免于奔走

车流往来，推翻今夜的想象力

于是在我眼里，月亮只是个布景者

贩卖光和冷的走卒。

九点四十三分，灯火让

所有路面流动起来

在明天来临前，应该有场仪式

为一双双孤独的眼睛做祷告

车流似乎更快了些，作为远乡客

将自己包裹起来，是必要的自卫

在所有夜里，我都是第三者

只能在天桥上观看

匍匐的路面，正在练习如何与世界拥抱

亦尘，原名罗文斌。云南师范大学文学院 2016 级汉语言文学专业。

我的小村子

马贞维

城的娶走了镇上的
镇上的娶走了大村子的
大村子的娶走了小村子的

没有孩子出生
我的小村子很久都没有孩子出生
这是一种浓郁的悲伤
可每家每户分一点也就淡了
像一瓶苏打水的味道

马贞维,中国音乐学院音乐学系音乐类非物质文化遗产保护研究专业。

然后

曹悦童

你变成了生活中唯一的问题
在假想出的两条河流的交汇处
练习过推手和虚晃
不必害怕
只是暗夜的雾和疾走的动物
月亮病理性的慌乱
熟悉相似的晚上
在水中撬开自身熟稔的吻
群山震动
我们为之下跪
充盈泥土和草屑的膝盖
把耳朵给你
该怎么分辨熟睡的呼吸
喉咙里是盐和野甘蔗
黎明时分抵达了那片绿色的梦
我们越来越薄
风中的木桩丢来两枚别针
缝合了两根手指

曹悦童，成都理工大学传播科学与艺术学院戏剧影视文学专业。

山与山的距离

任如意

山与山的距离，是眼睛与眼睛的距离
唯有静默。多像你和我
找不到出路。掉进了夜的陷阱后
我们试着开口说话。扁桃体处隐隐作痛
解释的词语，患上炎症

多感冒的季节，我无法从病毒的入侵中
脱逃。选择一条弯弯曲曲的小路
企图找到事情的源头
石板路结束，是土路的开始
土路的结束
冰冷的铁制栅栏阻止我
走进废水处理池

褐色的漂浮物发臭，附着在水面
旁边的滇朴从根砍断，伤口处发霉
抽水机忽然怪叫，我惊恐地跑回去
去学习俏皮、道歉和妥协

任如意，云南师范大学宗教学硕士研究生。

你穿着的
不是你的衣服

荒野长河

在被春季遗忘前

我买了一件棉质卫衣

墨绿，试穿，可惜肩太宽

试图高翔于我皮肤上空，它要做自己

而我太窄，还容不下

它对另一具身体端庄的爱

石文涛，笔名荒野长河。湖南农业大学东方科技学院人文社会科学学部应用心理学专业。

清明，看父亲点烟

慕琛

在墓碑前面

在矮矮的白色墓碑前面

父亲像一株低伏的枯草

像他们一生的火柴和打火机

一生的咔嚓

在这些石块的暗喻间沉默

是一只橘黄色的打火机

这是渺小而迅疾

一些照片转瞬即逝

而另一些消失

在那划破空白的尾焰中

一场火灾正在我体内蔓延

王琛，笔名慕琛。湖南外贸职业学院商务外语学院商务英语专业。

拉卜楞

阿天

许多人到来，也有许多人远去
大夏河穿过秋天的草原
青稞饱满，我们在成熟的事物面前感到
空虚，一朵云流淌出更多的乳汁

让你沉醉的不止
一匹白马，三碗奶酒
对于一座寺院的敬仰
也无法用宽阔的词语来描述

我们穿过寺院
寺院也穿过我们
彼此的交换使身体更加平静
在拉卜楞，有的人留下合影
有的人留下心愿
也有的人留下空空的自己

王顺天，笔名阿天。西北师范大学传媒学院戏剧与影视学专业研究生。

蓝色的事情

木易

我的句子长满厚厚的舌苔，
凉风褪不去病之症候。
如痛吻过之歌，
窖藏秋收过的荒芜。

唯一笔粗毫所记，尚存荒腔之音。
无以铺缀祭仪祷文，
亦难颤动芳香情语。
只在无可奈何处哂笑，
在无可辩驳的自嘲中枯萎。
任词语抖落衣襟的浮尘。
直到世上的海都干涸殆尽，
依然说着那些蓝色的事情。

杨君尧，笔名木易。南京大学文学院中国现当代文学专业。

观自在（选二）

童作焉

一

暮色赶路，天边的光亮还在焦灼地探询。
飞鸟在空中匆匆写下遗书，便又去密谋
下一个时代的剧本。我看着微暗的天边，
想象走进一家影院。压扁的积云，
仿佛升起了巨大的帷幕。

好戏即将登场。提灯的人，点蜡烛的人，
发明电灯的人，迫不及待地往台上看去：
一个人，变成一群人。一群人，
剩下了正中的一把椅子。他们猜测着故事的走向，
他们心中无数张脸一闪而过。

在那积云做的幕布上，剧情和云一样诡谲。
秋夜的雨从窗前蹀躞而过，台下有人哭，
有人笑，有人嚷着回家吃饭。有人捧着爆米花
面无表情。放映机透出的锥状的光亮，
像在河道的淤泥里种下一双双眼睛。

二

历法被埋进土里，我提着电筒，
举着放大镜，对照着潦草的陌生人的日记，
辨认路上遇到的每一个人。
在银幕里，在大街上，在那稍纵即逝的梦里，
哪一个才是我想象中虚构的人。

镜子里的那个呢？那与我对峙的，
我从未见过的。你是真是假，为何
就站在我对面，用狡黠疑惑的眼神盯着我看？
你是马还是鹿，你是哪个造物主遗弃的玩物？
天又快黑了，你的体内还能埋葬多少人？

天亮后我将是谁？我闭着眼睛作画，
倒着看世界，想象每一个前生或来世。
睁开眼的时候，我看到镜中许多人的脸。
再往窗外看去，只剩下一个跛足的背影往远处走去：
他沐浴在隔代的月光下。那个又是我吗？

童作焉，本名李金城。复旦大学国际关系与公共事务学院 2017 级硕士生。

山坡

榕生

我想再低一些
再低一些，我就回到了那片山坡
作为肉身的存在，登顶的欲望
是可怕的。我在这里
在这儿，缓缓抬头，仰望
直到不可见之处为止

我的脚踏上柔软的草地
有时碧绿，有时枯黄的草
柔软得叫人想哭，想找到
那个叫她柔软叫她哭的人。就让落日
从背后升起来，就让月亮谦卑
隐藏自己。吹熄蜡烛和偶像

走在山坡。偶尔低头
握住一朵不再走散的野花，小小的手
原来你也在这里啊。你不答，我也没问

陈立琛，笔名榕生。山西师范大学文学院汉语言文学专业。

形内

邓牧羊

安身于一颗苹果的体内
近距离地 目击成熟

或逃窜
到一台暴雨的低声部
在她即将吟唱的歌中
设下埋伏

我的边缘源自
二十年早餐节目的崩塌
河流的诡辩术，以及
鸟羽生长时的停顿

我的喜悦源自
杏树，李树嫁接的
一场大婚。以及
万物沉默，正在接的
一个长吻。

邓锐，笔名邓牧羊。山东财经大学金融学院金融学专业。

镜像

过云雨

暮春深暖。命中的事物于此
一些极易被忽视的：雨露、浅林、飞燕
我曾久久注视，平息着整个世界
又沉落其间

垄间站着的母亲，落日映照
她脸颊的汗滴落得极缓
那年我六岁，一生中有许多这样的时刻
闷热的天气，树荫下的我
安静如流水

郭云玉，笔名过云雨。华南农业大学林学与风景园林学院农业工程专业。

格美

音希

越是燥热

越想穿上大衣，裹紧

动作像一棵北方的松木

透过季夏之眼

阅读树下文学的翻译本

几个学生围坐一旁

形状如同王尔德宽松的衣领

我汗涔涔，在阴影里找来把

黑色小提琴，独奏

六月沉寂在怀

像懂得残忍一样

把所有的花朵

逼向美丽的尽头

李航宇，笔名音希。兰州大学 2016 级行政管理专业。

在养老院的下午

潘云贵

这里没有酒精、烟草、谣言和笑声
只有寂静从一面窗内爬出
再潜入另一面，像只猫

老人们从屋内走出，此时
他们站在四月下午三点的阳光下
如一扇扇敞开的门，里面是空的
没有家具，没有亲人
连多余的爱恨也已被人搬走

站在我左边的男人，眼睛奇怪
一只能动，一只仿佛永远死去
或是被上帝售出
站在我右边的女人，像病人一样挪步
每走一步，脚趾如被土地咬下一口
却不觉得疼

他们路过我，就像路过风
脸上毫无表情，仿佛
二十五岁的我是不存在的，在这世上

我看见他们缓慢踱进林荫，这时
死亡从他们身体里跑出，没有形状
一边走动，一边与他们交谈

潘云贵，台湾中山大学中国文学系博士生。

命运指引你吃掉一颗土豆

张勇敢

椒盐里脊，或者地三鲜
在成为你的盘中餐之前
它们各自拥有一颗完整的土豆
一间环绕式集体宿舍和勤于挖掘的大伯

在公寓二食堂，我把一小块土豆送进嘴里
享受它周身轻度的麻，在口腔内扩散
此时，在爱尔兰，谢默斯·希尼的祖父
正手把手教导他的儿子，有关于挖掘的艺术

在闽西北的农村，我的祖父从没种过土豆
我的父亲也从没种过土豆
这对一世的仇人不多的交集
只在水稻田和烟叶地里短暂地存在过

后来水稻染上稻瘟病，粮食歉收
大片绿油油的烟叶送进烤烟房，成了一堆焦炭
祖父在一次家庭争吵中服药去世
父亲背上行囊，去了晋江

一颗土豆的一生也是
一棵水稻、一片烟叶的一生
在我们匆忙的脚步中，只有少许人停下来
细细品尝过这人间的滋味

张勇敢，原名张浩。厦门大学法学院 2018 级法律硕士（法学）专业。

我吃得太撑了

晓莳

我想
我吃得太撑了
我的肚子逐渐胀起来
变成一个气球
升上天空
我看见树梢上的鸟儿休憩
人群密密麻麻如一堆芝麻
我想数一数的
但是人类逐渐渺小
我升入云层
却什么也抓不住
云平时看着软乎乎的
原来一点也不温柔
我飘浮在太空里
变成天上的一颗星
当我坠落下去时
会看见一个女孩在街角
一根又一根地划火柴吗？
我想起街边的一盏灯
灯旁有一家店
店里有一个女人
煮了一碗馄饨

陈静雅，笔名晓莳。金陵科技学院幕府校区人文学院汉语国际教育专业。

没有阴影的早晨

厄鱼

雨的形象，旧轨道
消失在鸟身上
消失在芬芳的日照里
呼吸声沾满了双手
仿佛深沉的回忆
虚无的瞻望
一棵坐在目光中的树
缓慢摆动
它们如此清醒
从来不像刚移动过一样
那条噩梦中的瀑布
成为了早晨的玻璃
连同窗户
如此破碎
没有阴影的早晨里
只有整齐的尖叫
保持自身的完整

汪彪，笔名厄鱼。甘肃农业大学机电工程学院车辆工程专业。

看山

唐伯猫

我钟爱于悬崖的割裂感
流水直下，万物参差不齐
伐木队向春风挥动斧子
呐喊声贯穿山谷
我们早已习惯这样的杀生
像默认了各自归于尘土的宿命

头顶两朵乌云互相推搡
下在山里的雨还会下进城里
看山的人常在黄昏回家
他早已老无所依，在门前豢养了一群
可爱的石头

叶良辉，笔名唐伯猫。南昌航空大学经济管理学院电子商务专业。

抽烟的姑娘（外一首）

小狐狸

阴天要怎么安放心情
抽烟的人爬上夜的窗户
淡的烟稀释了夜的浓稠
她用手轻弹烟尾的火星，散开
就点出几颗星星
她想着，用来安放心事
停顿的手又烫出一个月亮来
——用来思念心里的人

哀伤

细小的哀伤藏于肌肉里
它善于以柔克刚，它的重力
压平了眼角和嘴角的弧度
压低了甩手的频率和抬脚的高度

它们不总是躲在身体里
当你看着朋友的眼睛，就会发现
月光从窗子里面射出，轻轻就越过
低矮的苹果肌。落在不知名处

周琼，笔名小狐狸。皖西学院经济与管理学院财务管理专业。

唯有蜜蜂给我带来光的消息（外一首）

纳兰

我还没有成为自己的父亲。
我还没有与自己为敌。

我还没有从经书上寻获真理的碎片
拔出肉中的刺。

井水与河水各怀心事。
猫和老鼠还没有缔结和平条约。

时针还没有彻悟
分针还在钟表里打转。

圆规还在模仿数字 4
练习单人舞。

海鸥、老鹰和蚂蚁也还在镇守着自己的疆域。
兔子的传令官还没有接到老虎的号令。

风博士还没有破译七星瓢虫身上的
密电。

我写一封无人能懂的求救信。
我在梦里接收逝者反馈的天国信息。

千手千眼

从垂下的柳丝那里模仿柔和谦卑
“笔直”是被钉在十字架上的感叹号，问号里藏着秸秆
弯曲的仿生学。
谁的成熟还如麦穗带着金黄的芒刺，
谁就要被架在火上。

稗子和稻子混杂于麦田里，
如孪生、如鱼龙。但燕子有分辨的剪刀。

一株麦穗内心饱满安坐于枝头
一千株麦穗的手里握有千只眼睛。

纳兰，本名周金平。牡丹江师范学院文学院2018级文艺学专业。

家族或简化的红

陈坤浩

在半山坡上。有羊群走丢的山坡上
种上一排松香，而后她又一把火烧掉
这是被重复的我们
被简化的红：无休止地建造与摧毁
从孩子开始，便崇拜山神
孤独来自于被命名，孤独的岛鸟
孤独的天空，孤独的满地无序
他们享受着：方屋，封闭已久
他们在下午，读着祖母的旧信
谁能给我们讲故事呢
隐约之中，先生，她喊
我们停不下来
烧吧，烧吧。

这是我们的背景
绯红色的世界，点火，做饭

陈坤浩，南宁师范大学文学院 2018 级写作学研究生。

论隐居生活

闲芒

他走在人群中
害怕和世界交流太多，想
找个干净的地方，建房子，在口袋里
储备木料、月光
油菜花刚看完日出，蜘蛛就开始看黄昏了

潦倒的人，拿着蛛网去换钱，却选择置购玻璃
如果天气再冷些，他还和下雪天做交易
但现在，漆树流了一地漆
时间坍陷在草垛里
每逝一秒，特朗斯特罗姆便折叠一次

他每天喂食两次影子，插花，写诗
把马比喻成沉默，给每一个路口安上标题
也胡诌一些有关茱萸的俳句（疑是青草乌鸦之诗）
关于白天：乌鸦到处假传圣旨
在乌鸦被落日点着之前，他会赶着蝴蝶去测量草原

或者救助池塘里溺水的草鱼，在别人辩驳
如何通过隐居模拟流浪的时候
傍晚，就坐在家门口，等外出的狗
归家。等得久了，路口渐渐发炎
他开始害怕，和世界交流太少

徐全，笔名闲芒。南京工业大学经济与管理学院信息管理与信息系统专业。

假如有风依旧吹拂

邹三弗

假如有风依旧吹拂，有风不怀揣着
去年的想念，仍先于春天的脚步而造访人间
关于房子、枯枝，以及残木
河岸以冬眠的方式躺在路边

当风真的吹拂而来，你会看见风铃
拥有梦一般的声音，那些白发苍苍的池水
长出青丝，石头在抵达真相之前
像草木一样呼吸

现在的风，依旧在吹拂、在潜伏
它们乖，容易变
它们守时，多半是无常
不经意间，就会让人想起“虚构”这个词

假如现在会有风依旧在吹拂

邹林超，笔名邹三弗。贵州师范学院文学与传媒学院 2016 级汉语言文学专业。

鸣叫

归舴

儿女被掏出之后。母亲
就结成了一个蝉蜕。静静地
抓在故乡的树身之上。

停止生长，停止思考，停止鸣叫
也停止问我，你长大后想做什么

从土地中拔出身体，未出生
就已把孩子送往高枝
孩子一个个扯痛她的身体
她在痛苦地鸣叫，也在快乐地鸣叫

母亲终于结成了一个蝉蜕
成年后，我开始自我发问

我想鸣叫，想像她一样的鸣叫
鸣叫她，也鸣叫这块土地

我想永远鸣叫下去。
让她回到土地之后，仍能清楚地听到。

刘杨，笔名归舴。兰州理工大学文学院汉语言文学专业。

一封家书

央措

已经很久没有认真地说些话了
妈，我由此想起了你
一些贫困的日子 我们相依为命 时常在梦里惊醒
当年小园子开满鲜花。真后悔没能摘一朵为你戴上
这里的日子很好 就是雨水很多。
我开始虚构一个自己……
抽烟、酗酒、无所事事
整日整日心怀鬼胎，和雨一样。
妈，我开始写诗说一堆胡话。第一次对食物开始
厌倦
我迷恋外面的一切我足够埋藏自己。
妈，我慢慢失眠也会想起悲伤的事
仅仅这样。我知道其实你的苦痛比我要大
妈，在你之后，我爱过许多的女子
她们和你一样善良，漂亮甚至年轻
但每一个都陌生吝啬 到如今，
我的记忆越来越清晰
只剩下你和父亲 在夜晚数星星

央措，原名郅晓堃。桂林理工大学信息学院计算机专业。

藏地阿玛拉（外一首）

覃昌琦

有几样风景，我未曾见过
崖壁上的斑鸠巢
黑蝙蝠滑翔的山穴
老阿玛拉愈走愈远的冈仁波齐

这近于环形的一生
让我感到来自松针的

刺痛。溺于人间的雪粒
过早地灌满了泪腺
穿过脚下那条狭长的甬道
鼓风便像簌簌的落叶
敲击我耳膜上
年久失修的落日

我紧紧拽住贴地的滑翔
拽住，老阿玛拉的声线
她在喊山
喊一声，星光就暗一些

（阿玛拉，藏语妈妈的音译。冈仁波齐，藏地四大神山之一，被中国西藏雍仲苯教、印度教、藏传佛教以及古耆那教认定为世界的中心。）

夜观牛皮纸

一张没有身世的牛皮纸
一条误游上低岸的鱼
季节深埋于播种期
灰褐色的烟囱
近于谷粒的泪泉

水渍洇开的痕状
星系隐现
深空浇灌的语词
溢出，为月光无处逃遁的洗白
老旧的牛皮纸一再起身

谈及幼年，牛皮纸上的
水渍变轻，轻得足够识破一枚谎花
大多数的时候它沉默的重量
让人惊骇

覃昌琦，南京师范大学文学院 2019 级中国现当代文学专业。

与姐姐书
（外一首）

梁永周

它一定是被哪段历史一口咽下的
我没有听到呜咽、挣扎
以及我措手不及的慌乱

姐姐，老家的木门丢了
于是昨夜，我始终没能回到家
我手里没有一把钥匙，我只能不停地四处
奔走
四面都是我羡慕的旷达
以及我肉身的冰凉

姐姐，为什么故乡之外的每一座城
都让我失眠
我汲取万物的平顺
我盯着湖面上的浮物
我把我的心安置在苍穹之间最弱不禁风
的处境

姐姐，我路过好多种梦
我在梦中磨破了好多双鞋子
可是梦里只有火焰，我的眼泪浇不灭的火焰
黎明，我突然就想起了
那扇木门

罪证

姐姐，今晚我又想起故乡
这种想法好像很不成熟，尽管
我一直练习
我好像又背叛了它，我需要忏悔
只有离它越远的时候，才发现，水是凉的
我在异乡开了花，这种背叛
使我又开始上香
这就够了，暂时缓解就行
我该买一件麻布衣服，像是袈裟一样
阳光，都假了
我已经不好意思，去折磨月亮
是时候该为自己承担一些，我若不来，也是走不了的
啊，要是在黑夜里，我能够把自己分辨出来
那岁月对我的量刑，会轻一些吧！
我只不过是赤脚上路的，所以
请放过无辜的人吧！
那些与我相干的，都不相干
这是我最后用自己的罪证请求
我就掉入深渊，在深渊里，承诺，不再挣扎
在我能够成为我的时候，月亮
会帮我，洗净

梁永周，同济大学人文学院创意写作研究生在读。

我们

二吃

我们都喜欢站在阳台上对话
清晨和夜晚 吃过洋葱喝过牛奶
烟熏火燎里企图读懂咖啡
片刻的素息 勒紧果核的祷告
覆灭僵硬的风 我们就在地平线
亲吻赤道 不贞的眸子

“你往何处呀”和一颗尘埃对视
他说玻璃的后面 春天已经荒芜
我看见自己 我看见我自己
豢养的灵魂拖着长长的影子
只用一根手指

我们也曾习惯于并肩而立
裹紧同一件风衣 丧失一个记忆
停下来旋转 小巷三分之一的哭泣
月光的灰烬是哀悼星辰的命题
不安眠一条鳟鱼

刘竹阳，笔名二吃。上海大学上海美术学院建筑系城乡规划专业。

夜晚即事

小玖

如果能拒绝，我就要重聚金身。
可以把花朵摁进草丛里，和狗吠
一起装到夜晚的保鲜膜中。
但我不能，绵薄的雨已经浸入肺部
要咳出血来了。我亲爱的母亲，
也很久没有给后花园的白菜浇过水
白菜花漫过五厘米的土砂石，
在我的脚下生了根。无法重新
看到柔软的风像眼泪一样轻轻垂下。
也再没有任何一只蜘蛛会为我
钩起部分游荡在房檐的雨珠。

即便我没有，在同样的秋天拒绝那些
密密麻麻，空空荡荡的夜晚。

小玖，原名邝启艳。楚雄师范学院人文学院 2017 级汉语言文学专业。

失眠

施展

当飞鸟穿过晨昏线
五点钟方向
一束黯然的光
穿梭在
疾行的影子里

在那里
新生的月亮吟诗
给那些睡不着的小孩
如同一片不被期待的云
被默许站在聚光灯下

我拨开你的头发
一缕
就像剥离橘子的筋脉
这里从来没有安生的好事
你安静离场
裙摆翻动
就像沸汤里痛苦的鱼

施展，安徽师范大学生命科学学院在读。

路谣

黎星雨

父亲们抹白脸，冒充柔润的雪步入这座小城
街上没有孩子乱跑，苹果也大体医治好了
和人相似的病症。父亲们走着，如倒灌的海水
团结更多亏空的痛楚和风声。打击乐器从
他们世纪之交的毛孔里变幻而出，那不可言说的纷呈
父亲们继续走着。一直走，走到城郊旷野上去，
目击了自己的出生

黎星雨，本名杜明静。华东师范大学中文系文艺学专业。

救护车

胡游

下半夜被一阵凄厉的笛声惊醒
一辆救护车从我梦里经过
我一下就空了
很多东西被救护车带走
还有一些遗忘突然犯病
需要抢救
现在需要抢救的名字越来越多
听说英国有一种救护车
不去医院
只给上车的病人读诗

胡游，广西民族大学传媒学院影视文艺理论与创作专业。

池塘

周不正

一

有时我需要一片池塘
与仪式感有关。深夜的
禅坐，把信仰举到
与头顶齐平
不能高也不能再低的位置

二

我容忍错乱的脚印和呐喊
使水浑浊。恐惧
如黑色的蜻蜓滑过水面
岁月的雾霭升起，未知的水域
隐藏树木静止生长的力

三

慌张的闪电跌落池塘
多年后融化成满池的月光
喧嚣的词语遇水而沉
浮出水面的事物
转瞬返回幽暗的深处

四

黑夜需要眼睛。白鹭

需要一张用以写诗的水面

我的池塘安卧大地

夜深人静时，它给信仰一扇

可以出走可以归来的门

周宏鑫，笔名周不正。韩山师范学院文学与新闻传播学院汉语言文学专业。

履素

黄娴

你在空中捕获了一具
正在逃逸的笑话
几欲随之而去

你怦怦然蹦着
在原地
足尖点水般
大地仿若拥有了弹性

这一切太过正确
以至于
令我怀疑
你在美学之上的
可能性

黄娴，徐州医科大学临床医学系精神医学专业。

山中觅径

杉树

有时候是要走无人的山径
寻找一个夜风的停顿处
点火，抽烟。听听山野的低吟

嫩蛛网封住的古井，残留地底的余响
在江湾古镇
积水空明，山茶树的倒影悬挂

所有投出的响箭纷纷遁入人世
以语言的转喻再现

走失的村庄外……
还挂着滴水的旧衣裳

肖红缨，笔名杉树。江西师范大学文学院中国现当代文学专业。

新生

非也

应该有一束花和一点点酒

在看见明天的亲吻和人像之前

献给母亲

二十年前的这个傍晚，母亲正隆起子宫

是金秋与夏历的九月

手术刀、白炽灯、绿大褂，婴儿湿漉漉的小腿

在乡村医院昏黄的傍晚相遇

他们，给予了一个女人所有的荣誉和尊严

并由此，解放了她的半生

如果一摞相片可以充当某人一生的信念

如同平民信奉生死

那一定有一个被爱的人

一定有能使她引以为豪的事情

当金黄的暮色驱赶农人回家的时候

她可以拿出一位母亲仅有的仪容和全部体态

把幸福悄悄写进生活

卜振荣，笔名非也。南京大学文学院汉语言文学专业。

过程

曹戊

大海已经很小了
鱼的脊背裸露出来，在太阳下
和人类抢夺空气，呼吸

傍晚。杀戮再一次到达巅峰
路过城市最热闹的地区
一个菜市场，海产品售卖区
一条鱼正在接受教化，洗礼
没有挣扎，反抗。被剥落的鳞片
反射着夕阳最后的光，泛红
一幅色彩画，被扼杀在纸上

掏空内脏，丢弃在地上
熟练的操作，心脏还在伸缩
抖动，身体被按在砧板上
拦腰截断，分解成小碎块
仿佛只要不断分解自己
才能完成一场交易

而后是一种神圣的过程
文火慢炖，各种味道进入体内
三十分钟后，众神围坐在一起
为一条鱼。忏悔，祈祷
细嚼慢咽，将鱼刺
分解出来，在月光下
森白的肋骨和头骨一闪一闪
像亮出一把锃亮的刺刀

鱼还在滚烫的水里吐泡泡
一个接着一个

曹正奇，笔名曹戊。成都文理学院文学院汉语言文学专业。

第二宇宙速度

李尤台

灯和我相遇，晴天
灯只顾着处理自己的神色

“我很怕你爱我
你是不是爱我？”
兔耳朵小心有序地转换，
我听你的话。

小女友在身边，虫洞般缀满了
一颗雪梨
在她的手里旋转

刀子是日光的另一种形式
长街如雪，时间属于其中化开的部分
我在听。刀子向这个世界发射一枚秋千
——旋转，和削下的果皮一起旋转

直到结冰的河谷封住原点
我在听。一段时间只能坍缩到
一个人身上。麻绳断了，
麻绳是新结的羽翼。

而它们重新编织，
到我们脸上的斑点里。
车流像一些活泼的芝麻籽，
颠簸之中，已没有多余的路口。

在所有灯火漫进袜子的雨天里，
我听你的话。有时
慢慢地，我弯下来把那股劲儿缓下

有时我淌向你流畅的腰身
我说，我愿意现在就昏迷过去
并一次次
在你旋转的刀片上
饱含温暖地
活过来

李尤台，本名沈哲韬。上海财经大学经济学院 2016 级本科生。

忽然转凉的一天

圆柒

已经很久不再
计较
——日期，时辰，腰间信的厚度
头虱的数目
“我在路上了。”

捣衣的人已死了
衣服还贴在身上
铠甲是冷
如刀刃上那一抹亮的

刀尖儿一转心头
就剜出去了
有什么推我又将我摆回原地了
发痒了 然后去
抓

胸前的铁甲留下
五道血痕
“我在路上了。”

刘沅祁，笔名圆柒。南京大学文学院汉语言文学专业。

送阿曼（外一首）

马骥文

你我之间，有比群鹅之展翅
更闪耀的降临——
一张脸，一个夜色，全部语言的遗赠
在这过程中看见一颗心被俘获
源于你的白昼，在我之内留下充实
像唯一与感知者，听见一切的裂开
在谜楼上，在众人的雨中——
你以讲述完美了自身，尽管
这是又一次更加浩荡的缺失
春日之游，你浮动在人群中练习消逝
另一个是谁？在变更之爱
只有我，才是我的替代者——
而你将那诗人永恒般引燃，又扑灭他
亲爱的，你的手上落满昨夜之雪
那聚拢我们，又隔断我们的是什么？
在古老月光的中心——
闪动着我们同样古老的热爱与忠实
不是赞美，是最高的交谈——
你穿过车站进入人群，赴死般告别
而在那一刻，日光显出它空荡荡的优美
在冰冷中潜回的人，第一次
看见自己如看见衰老
在一场持久反抗的风暴之眼

没有什么可以瓦解这最初悸动的心
——只有爱——凭借它——
不确定的我们将抵达那仅有的崇高

粉刷工人

你从窗户中看见他们的时候
十一月正如炉火般隐去
奥尔巴赫说：“我们的准确性”
你看见自己的影子
正渐渐与他们的迷宫般重合
这是有关光荣的修正
你放下书，觉得室内寂静如海底
他们正被两条细弱的绳索吊在空中
谈着天，并对墙面施以雪白的爱
下午的阳光正照在他们的脊背上
显示出某种神圣的流动
那些不容回辩的真实与细节
在你不断熄灭的瞬间给予你支撑
然而，你从未假借过它们
就像你此刻并不是在陈述
而是被陈述

我不能，我不能站在正午的阳光下解构任意
一片叶子的黑暗，
虽然它们是两种语言都源自抒情，

我感到死与美的诱惑，
白日灼烧如同被撑起的巨大子宫，
春天注视满她受伤的骨骼。

崔雪悦，河南师范大学文学院汉语国际教育专业。

暴雨

王可柯

带上雨伞
去四轮罐头消失的
车间里淋雨

不用液体和粉末
包裹
这暴晒下滴落蜜汁的
肉体

我们站立在雨伞下方
向一切妥协

我们站立在暴雨上方
第二天
秃露出了干瘪的鸟巢
却没有尸体

王可柯，南京师范大学文学院现当代文学专业。

山火

砂丁

我从没有如此近距离地
观察过一团山火，从没有在
家庭作业里仔细地
描摹过它。像一只野地里的
鹞子，我追踪山火的足迹
想找出那个放火的人。后来你
走过来，我们就在平台上
看林地边缘的男女孩子们聚会
喝带酒精的饮料，谈起自己郊游时
在草垛里做过的糊涂事。有时候
你像一只受惊的小兽突然站起
发出失去般的、年轻男孩
一样尖利、略带杂音的叫声
仿佛一起度过的多个秋季骤雨般
收拢于傍晚的春光里，冗长
波澜不惊。后来我们下到
院子里的平地上，恰好能看见
太阳落在远处山峦和林地的
夹角里。大人们快回来了
背着捕鸟人的笼子
都是好时光。

刘祎家，笔名砂丁。北京大学中文系现代文学专业。

一无

安子瑜

我不喜欢从前的自己，
但有时，
为赎回她
我会留一颗
能熄灭的小星。

为着在恒久的静默里，
躲一个
初生的哑谜。

安子瑜，北京大学中文系 2018 级本科 2 班在读。

鼻炎患者

顾甦泳

医学不能解决的，
就交给美学。到底是
沪上飞地，我体内的
小小风暴，过了渡口，
就丢了迅猛的
江南性。好在
舌头生而软糯，
徐娘不老，巷口闲坐，
说祖上发家史，籍贯
纵横，无非江北江南。

我二十出头，沟壑尚浅，
没了漫长的开篇。等到
搭了列车北上，方知
嗅觉才是人生的底片。
这地儿风声紧，气味
多暗箱，才迟钝一点，
就失真几寸。大厦玲珑，
庭院也深深，仿佛一扇
旋转门，就足以摘除
你我之间的小小阻尼。

我想起那些洞中作战的
朋友，日日吐丝、结网，
粘住广泛的浮尘。偶尔
上了钩，也浮出水面，
着黄衣、剃平头，好在
风景也冠了名，还不是
为无形的手松绑？夜晚，
早春的律动刚刚开始，
我匍匐在它曲张的静脉里，
堵住鼻孔，却敞开了呼吸。

顾甦泳，北京大学中文系现代文学专业。

到蛋壳里

吴惘

此刻，若有人向你问起我的行踪
你会遏住流云，还是截断清溪
你有一地的斧钺钩叉
唯独缺少：启明星轻浅的致意

我已集齐蝉蜕、蝶蛹与蛇皮
向寄居蟹探听进入与脱离的秘密
但所有匿名者都将被辨认——
他们会掘地十尺，你知道的

十尺。无爱意，所以无悲悯
无悲悯，所以无破坏的畏惧
而我只有安于棱角的透明：废墟
是唯一不用重新修葺的建筑

需要时，请给我打电话
若想见我，你务必记住：越沉重的脚步
越能抢先抵达。这个国度
不需要沐浴，连绵的露水
我曾用来洗濯长缨
而如今，我把它们铺成一个夜晚
的睡眠

吴惘，本名吴自华，北京大学地球与空间科学学院博士在读。

谋杀术

宗隆隆

五月。小麦灌浆。河水蓄谋溃堤。

春天被撕开一个口子，从里面探出匕首。

这把利刃对身体无效，骨骼和血管，以及

日渐松弛的皮肤，和容易瘫痪的舌头。

这是立夏过后第三天，表达欲化成一个顿号，

每一句话都无比潮湿，像一瓶倒置的抗生素。

我妄想有一条黑色的路，蜿蜒到密林深处

把四肢退化，杜绝病句，诗人不再修辞。

有鸟鸣唤醒落日，有小兽抓紧晨露，

蜗牛驮着一生的抱负，猫科动物对月流泪。

这些晚上，我的比喻毫无用途。隔壁在哄孩子

蚊子太多，咒骂春天死亡的猝不及防。

楼上有人在打架，瓶子破碎和头骨裂开同样清脆。

这些晚上，我想起了重庆和海南，想起

风灌入脉搏，万物一言不发，月光跌落房檐。

宗隆隆，北京语言大学汉语学院汉语言专业。

悬禽星指令

另淅

我打开我的盒子，粗糙桌面上
被擦亮的
灰，一次飞行中鸟无法
被辨认，空间在剧烈地私语面前浸泡着
环形秋天的灌树。空气抖动
一道
从嘴唇内部逼近的效果溅伤了
你的眼睛

过去的门打开了。群群斜斜上升的线迹
向后拉住网：一块块石头挂到灯具里

闫慧飞，笔名另淅。郑州大学 2015 级建筑学院建筑学专业。

牧雪记

杨泽西

没有绿色，便用文字刮骨头上的青苔
把思想调到零度以下，在纸上下一场雪
在黑夜里引出，身体里沉睡已久的羊

而身体之外，大雪早已封山
屠夫在火炉上烤化最后一片雪
几乎所有人都把羊皮穿在了身上

只有少数人仍固执地摊开一张羊皮卷
让大雪落在上面，用黑色的文字
复活一只只死去的羊

危险是：当所有人都一致认定
大雪是这世间唯一的羊、唯一的一张羊皮
雪地里太阳的反光便成了一把锋利的刀子

多么可怕：当你走到城市的边缘走到无人区
黑暗里突然射出一道强光，像扔出一根长绳
你成了这个世界上唯一牧雪的人，唯一的羊

杨泽西，河南大学民生学院艺术与传媒学院广告学专业。

大海
（外一首）

颜军

没见过大海的人

从风中闻到了海的味道

多年后，他终于

下定决心要被海水淹死

可每次出发都被门前的小溪拦回来

他一生都没有见过海

他太可怜了

可是为什么没有人

把字典上的小溪改成大海呢

他人即黑夜

刚望向大路的时候

一个熟人来了

背十斤重的包袱

见面也不打招呼

一身的黑裤黑衣

径直从我身边走过

走过的时候

他的包袱

突然漏了

流出黑颜色的

芝麻一样的液体

我叫了他一声

他也没有理我

但我发现天已是那么黑

我该睡觉了

赵彦军，笔名颜军。河南大学文学院汉语言文学专业。

眼睛

啜饮

常年空旷的房子仍维持原状

旧式蓝色玻璃窗避免光线又保留隐私

即使无人在素帘后关照飘浮于寂静上的灰尘

这是为了与另一所矮屋达成协议：总得留一双眼睛

一俯一仰，缄默不语

何时炊烟袅袅，被风吹散前定要望着那堵墙

老人手拿一把凉扇

像多年前那样注视着一位位过路人

啜饮，原名徐萍。江苏师范大学在读。

献给一月和第二电子制造厂

孙昊

街道上的香烟快要燃尽了
爱吹口哨的男生 离开第二电子厂
骑着车，赶回家

再也没有人了。再没有人会在街的拐角处等待
月亮升起。看街灯一盏一盏亮起来

也再也没有时间。你需要对关于上帝的误解
说声抱歉。
你不得不尽快 开始在钟表里试着相爱。
不得不
疲于水费跟电费，工作和任务
不得不 开始用一种精心计算过了的情感
分配下个白天
不得不学会一种为人称道的和解姿态

在黑夜中避免绝望着死去活来。

活来。在阁楼上 60 平米的一月
父亲已经睡着 灯光下的半瓶牛栏山
泛着幽蓝。模糊像潮汐的颜色
你想起自己曾是城市海浪中的一员

这个冬天依旧寒冷——

水仙花儿迟迟不肯开。

你脱下蓝色工作服，浸泡到红桶里

用热水 泡冷饭。

打开抽屉。你发现有一些叫做期待的东西

终于被日子

一点一点，过成了慢性胃炎。

孙昊，江苏师范大学在读。

山坡

孙胜

山坡是一个斜面，
我们的秘密坐着滑梯。
“过往很吵啊它们！”
大声的时候，回忆
像是从未有过的……
但很快，又转入平静。
我在草莽深处钩住你的食指，
在天完全黑下来的时候。
我们被遮隐，
与满坡的青草一样——
被遮隐，却一直还是青的。
就像我们陷入回忆，
天边总会响起
岁月进食时那完美的曲调……

孙胜，笔名大树。江苏师范大学在读。

十二月

贺泽岚

你出生在十二月

北方的皑雪在夜里失眠疼痛。没有一剂药
让一个小镇抹掉历史的泪水
南方乔木失聪，寂静处漏出的西风羞于
启齿，从不谈论憔悴的事物
十二月。你带来的是你的气息和一双描述
不清的眼睛。也许，还有一本落难的书
字里行间长满苦涩的青苔
它们不断地在夜晚与星星举行婚礼
它们和你的亲人有上万次不成功的别离
它们在病床上历尽悲欢

贺泽岚，兴义民族师范学院中心校区 2017 级汉语国际教育班在读。

放牧

野老

在夜色里放牧一座青山
石头、草木、鸟鸣、流水，都将被放牧
我放牧一座青山，那些无家可归的树
便有了伴侣。夜色里，我要为放牧的青山
点灯，灯光暗淡
除此之外，还得放牧
一匹失眠的马
失眠的马匹，是为我那孤儿妹妹放牧的
不然我的妹妹又将枕着的头发
当作我们的母亲

野老，原名黄健。兴义民族师范学院中文系在读。

一个忘记笑容的男人

何拦伟

之所以忘记，是因为陌生

之所以陌生，是因为缺乏长期的重复和练习

至少逻辑学是这样解释的

至少他还在想，给自己一种解释

实在想不起上一次弯起嘴角

是因为什么

整个世界都已经变样了

他还留着上个月的发型

黝黑，发亮，类似子弹的形状

何拦伟，太原科技大学经济与管理学院市场营销专业。

我开始对夜晚狂想

白海飞

星星落下去了

我开始制造对黑夜的想象

天空如一泊湖水

我的房子是湖中的小岛

静默着，等候未归的渔夫

我和我的姑娘从这里牵手走过

留下一串脚印

以纪念我们的爱情

星星落下去了

落在我的鞋子里

今晚之后，渔夫若钓起星星

所有有关爱情的故事到此为止

白海飞，太原学院市政与环境工程系建筑环境与能源应用工程专业。

餐前二三言

冯泽

我们越来越适合于这种场合
通常在食指与中指之间，瓜子皮落进酒杯
在黑夜的潜行中，动作无形地向父辈靠拢
呷一口水，吐掉未下沉的酒气和怨气
牙齿和舌头的磨痕为我们的嘴唇设置只读模式
眼球不算浑浊，能看清背后的门
抑制不算焦灼地等待它的开启
我们讨厌一起细长的东西，它是那么脆弱
又不值得托付，例如门缝
餐巾纸注视着窗外，有一点雪落在了车顶
刚出锅的捞面，信号灯拍照的频闪
老家的石碾子，或者更远的地方

冯泽，运城学院中文系汉语言文学专业。

小朋友

阿谣

“你才十八岁，软骨都没发育全。”
处方一则：停用黑格尔，改服头孢拉定。

不免想起初次的表演教学，
台词一句：梨。你吃

你们青色的果急不可耐，向前向后
摇摆，动作像后入式中的果脯
全都向下成熟。撞击。落地。一堆

芬芳的秽物。小朋友已经学会
将刀子捅进爱人白软的肚。

灰夜中，爱我的小朋友
正砍倒一棵水杉树。渴望建造
一座红顶的小屋子。铁斧头一扬

大人们依然在讲述童话，关于向上
关于向上。关于向上。关于向上。

胡可欣，笔名阿谣。华东师范大学大夏书院哲学专业。

而诸般杂物如同你的锁骨。难以
割舍，唯静脉的甜度绝类鸡尾酒
并不幸通过味觉唤醒他人。磨刀霍霍的
羊羔啊，以及其他可爱之事
将从现代性铁锈中反复溅出。

蜃气使我们更轻快。

邵廷赫，笔名应彻。华东师范大学大夏书院中文系在读。

弯腰

潘浩宇

匆忙地走上公交车
投币，入座
坐在最靠近车门的座位
无论城市里走动
或是城镇间穿梭
这都是惬意的方式

目光里，车门打开
微风挤压着空气
拄着拐杖，弯着腰的
老人，佝佝偻偻地走进
匆忙地起身，右手示意
左手抓住扶手
目光又照往窗外的风景

他俯身为儿女盖好被子的那一刻
就习惯于，弯腰
弯下腰去洗碗
弯下腰去做饭
弯下腰去搬起砖头，放下
又弯腰

村庄，县城

公交车在一生的光景里

挤压而过

他习惯了弯腰

弯做一把朴实的弓

潘浩宇，皖西学院生物与制药工程学院生物工程专业。

搓背工

叶子

失业的农民 用双手丈量
新的土地
十万只触手 贴紧大地的黄皮肤
刮掉多余的部分
十指灵活 力度适中
你的小臂扫过脊背 像大笔一挥
带来皮肤畅快的跳跃
立身间隙 你张开嘴成为推销员
身上油太大 加点盐吧
奶 硫 搓泥宝也行呀
没人注意 你无奈地
加大了一点力度
手掌揉动的圆屁股
让你想起女人的乳房
家中的女人
正在和油烟对抗
你的一双手
不禁又温柔了一些

张子威，笔名叶子。皖西学院环境与旅游学院旅游管理专业。

名字

林乂

我来的镇子
人们用方位
给田野命名 给娘家命名
给每条河流 每座桥命名

南地 西庄 北河
南大桥 里宅
仿佛他们站在世界中央

雨后，妇人们
在青石板上捣衣
流水消解泡沫
洋槐花落在水面
风将蒲公英吹散

南地 西庄 北河
南大桥 里宅
当我默念出那些名字
就站在世界中央

樊豪臣，笔名林乂。皖西学院电子与信息工程学院电子信息工程专业。

“青春中国”大学生诗歌联赛（2019）获奖名单

☆青春诗歌大奖

李亚峰 兰州城市学院

《他靠着雪就过了一生》《给你》

☆青春先锋诗人奖

风　语 重庆第二师范学院

《晒包谷：有一种活着叫不需要太多念头》

《在人烟渐少的村庄，谷物与杂草和解》

康宇辰 北京大学

《府南河上》《地震十年》

赵　琳 西北师范大学知行学院

《朝圣》《雪夜》

☆青春新锐诗人奖

时好雨 河南科技大学

《幸福的人》《那天的生词工厂》《乘客》

马骥文 清华大学

《送阿曼》《粉刷工人》

陈钰鹏 国防大学军事文化学院

《游泳馆之歌（节选）》《途中（节选）》

春　马 日本流通经济大学

《新京的秋》《马来西亚的小伙子》

孙　胜 江苏师范大学

《山坡》《雪天即景》

☆评委会创意写作单项奖

纳　兰　牡丹江师范学院

《唯有蜜蜂给我带来光的消息》《千手千眼》

陈坤浩　南宁师范大学

《家族或空白集》《家族或简化的红》

覃昌琦　南京师范大学

《藏地阿玛拉》《夜观牛皮纸》

颜　军　河南大学

《大海》《他人即黑夜》

☆优秀作品奖

囤　乐　西北政法大学

《我们看海去》《像一只虚无的虫子》

丁　菡　四川大学

《点蜡烛》《听故事》

袁　源　四川师范大学

《父亲的鱼》《明天》

伯竑桥　武汉大学

《盐市口》《十月末的歌行》

种　种　黑龙江大学

《陈梦岚》《家事》

加主布哈　成都大学

《十月》《稻草人，我们私奔》

王藏玉　韩山师范学院

《再见》《柏拉图之恋》

阿　君　中南民族大学

《关于墓地》《关于月亮的传说》

靳　朗　中国传媒大学

《镜子》《青铜玫瑰》

袁　伟　扬州大学

《蒸馏仪》《电子天平》

谈燕婷　江苏师范大学敬文书院

《偷火者》《幸福——身为母亲》

东流岸　贵州理工学院

《最后的夜晚》《途径此地》

郭　峰　福建师范大学

《两难》《最初》

王　祝　重庆交通大学

《近日》《冷波光》《尝胆》

杆　尘　广西民族大学

《迷路记》《围炉之火》

马贞维　中国音乐学院

《我的小村子》《履薄冰》

童作焉　复旦大学

《观自在》《独角戏》

厄　鱼　甘肃农业大学

《没有阴影的早晨》《一直在下雪》

小狐狸　皖西学院

《抽烟的姑娘》《哀伤》

邹三弗 贵州师范学院

《假如有风依旧吹拂》《一条夜就像一个人》

小　玖 楚雄师范学院

《夜晚即事》《肠粉》《保健课》

黎星雨 华东师范大学

《路谣》《她，结绳（截段）》

非　也 南京大学

《新生》《告别》

李尤台 上海财经大学

《看雪》《第二宇宙速度》

砂　丁 北京大学

《山火》《防波堤》

宗隆隆 北京语言大学

《谋杀术》《收割术》

孙　昊 江苏师范大学

《献给一月和第二电子制造厂》《悼亡词》

贺泽岚 兴义民族师范学院

《十二月》《困局》

白海飞 太原学院

《我开始对夜晚狂想》《请和我谈论爱情》

应　彻 华东师范大学

《凋零书》《赴死书》

☆优秀组织奖

北京大学五四文学社

贵州民族大学黔风文学社

皖西学院河畔诗社

郑州大学花鸟诗社

华东师范大学夏雨诗社

江苏师范大学晚宴诗社

贵州民族大学秋韵文学社

山西高校文学社团联盟

初评评委

李　振　　李　皓　　何同彬　　赵志明

终评评委

李　云　　李少君　　姜念光　　梁　平　　韩　东

* 按姓氏笔画排序

2019

己亥年

猪年

September

9月 S 第1周

SUN 周日	1	初三
MON 周一	2	初四
TUE 周二	3	初五
WED 周三	4	初六
THU 周四	5	初七
FRI 周五	6	初八
SAT 周六	7	初九

SUN	周日	8	白露
MON	周一	9	十一
TUE	周二	10	教师节
WED	周三	11	十三
THU	周四	12	十四
FRI	周五	13	中秋节
SAT	周六	14	十六

2019 己亥年 猪年

September

9月 第3周

SUN 周日	15	十七
MON 周一	16	十八
TUE 周二	17	十九
WED 周三	18	二十
THU 周四	19	廿一
FRI 周五	20	廿二
SAT 周六	21	廿三

2019 己亥年 猪年

9月 September 第4周

SUN 周日	22	廿四
MON 周一	23	秋分
TUE 周二	24	廿六
WED 周三	25	廿七
THU 周四	26	廿八
FRI 周五	27	廿九
SAT 周六	28	三十

2019 己亥年 猪年

10月 O October 第1周

SUN	周日	29	九月
MON	周一	30	初二
TUE	周二	1	国庆节
WED	周三	2	初四
THU	周四	3	初五
FRI	周五	4	初六
SAT	周六	5	初七

SUN 周日	6	初八
MON 周一	7	重阳节
TUE 周二	8	寒露
WED 周三	9	十一
THU 周四	10	十二
FRI 周五	11	十三
SAT 周六	12	十四

2019 己亥年 猪年

10月 October 第3周

SUN 周日	13	十五	
MON 周一	14	十六	
TUE 周二	15	十七	
WED 周三	16	十八	
THU 周四	17	十九	
FRI 周五	18	二十	
SAT 周六	19	廿一	

2019 己亥年 猪年

10月 October 第4周

SUN 周日	20	廿二
MON 周一	21	廿三
TUE 周二	22	廿四
WED 周三	23	廿五
THU 周四	24	霜降
FRI 周五	25	廿七
SAT 周六	26	廿八

2019 己亥年 猪年

10月 October 第5周

SUN	周日	27	廿九
MON	周一	28	十月
TUE	周二	29	初二
WED	周三	30	初三
THU	周四	31	初四
FRI	周五	1	初五
SAT	周六	2	初六

2019 己亥年 猪年

November

11月 N 第1周

SUN 周日	3	初七
MON 周一	4	初八
TUE 周二	5	初九
WED 周三	6	初十
THU 周四	7	十一
FRI 周五	8	立冬
SAT 周六	9	十三

2019 己亥年 猪年

November

11月 N 第2周

SUN	周日	10	十四
MON	周一	11	十五
TUE	周二	12	十六
WED	周三	13	十七
THU	周四	14	十八
FRI	周五	15	十九
SAT	周六	16	二十

2019 己亥年 猪年

November

N

11月 第3周

SUN 周日	17	廿一
MON 周一	18	廿二
TUE 周二	19	廿三
WED 周三	20	廿四
THU 周四	21	廿五
FRI 周五	22	小雪
SAT 周六	23	廿七

2019 己亥年 猪年

November

11月 N 第4周

SUN	周日	24	廿八
MON	周一	25	廿九
TUE	周二	26	十一月
WED	周三	27	初二
THU	周四	28	初三
FRI	周五	29	初四
SAT	周六	30	初五

2019 己亥年 猪年

12月 D December 第1周

SUN 周日	1	初六
MON 周一	2	初七
TUE 周二	3	初八
WED 周三	4	初九
THU 周四	5	初十
FRI 周五	6	十一
SAT 周六	7	大雪

2019 己亥年 猪年

12月 D December 第2周

SUN	周日	8	十三
MON	周一	9	十四
TUE	周二	10	十五
WED	周三	11	十六
THU	周四	12	十七
FRI	周五	13	十八
SAT	周六	14	十九

SUN	周日	15	二十
MON	周一	16	廿一
TUE	周二	17	廿二
WED	周三	18	廿三
THU	周四	19	廿四
FRI	周五	20	廿五
SAT	周六	21	廿六

周日 SUN	22	冬至
周一 MON	23	廿八
周二 TUE	24	廿九
周三 WED	25	三十
周四 THU	26	十二月
周五 FRI	27	初二
周六 SAT	28	初三

2020 庚子年 鼠年

January

1月 J 第1周

SUN	周日	29	初四
MON	周一	30	初五
TUE	周二	31	初六
WED	周三	1	元旦
THU	周四	2	腊八节
FRI	周五	3	初九
SAT	周六	4	初十

2020 庚子年 鼠年

1月 January 第2周

SUN	周日	5	十一
MON	周一	6	小寒
TUE	周二	7	十三
WED	周三	8	十四
THU	周四	9	十五
FRI	周五	10	十六
SAT	周六	11	十七

SUN	周日	12	十八
MON	周一	13	十九
TUE	周二	14	二十
WED	周三	15	廿一
THU	周四	16	廿二
FRI	周五	17	小年
SAT	周六	18	廿四

SUN	周日	19	廿五
MON	周一	20	大寒
TUE	周二	21	廿七
WED	周三	22	廿八
THU	周四	23	廿九
FRI	周五	24	除夕
SAT	周六	25	春节

SUN	周日	26	初二
MON	周一	27	初三
TUE	周二	28	初四
WED	周三	29	初五
THU	周四	30	初六
FRI	周五	31	初七
SAT	周六	1	初八

2020 庚子年 鼠年

February

F

2月 第1周

SUN	周日	2	初九
MON	周一	3	初十
TUE	周二	4	立春
WED	周三	5	十二
THU	周四	6	十三
FRI	周五	7	十四
SAT	周六	8	元宵节

2020 庚子年 鼠年

February
F
2月 第2周

SUN 周日	9	十六
MON 周一	10	十七
TUE 周二	11	十八
WED 周三	12	十九
THU 周四	13	二十
FRI 周五	14	廿一
SAT 周六	15	廿二

2020 庚子年 鼠年

February

F

2月 第3周

SUN	周日	16	廿三
MON	周一	17	廿四
TUE	周二	18	廿五
WED	周三	19	雨水
THU	周四	20	廿七
FRI	周五	21	廿八
SAT	周六	22	廿九

February
F
2月 第4周

SUN 周日	23	二月
MON 周一	24	初二
TUE 周二	25	初三
WED 周三	26	初四
THU 周四	27	初五
FRI 周五	28	初六
SAT 周六	29	初七

2020 庚子年 鼠年

3月 M March 第1周

SUN	周日	1	初八
MON	周一	2	初九
TUE	周二	3	初十
WED	周三	4	十一
THU	周四	5	惊蛰
FRI	周五	6	十三
SAT	周六	7	十四

2020 庚子年 鼠年

3月 M March 第2周

SUN 周日	8	妇女节
MON 周一	9	十六
TUE 周二	10	十七
WED 周三	11	十八
THU 周四	12	植树节
FRI 周五	13	二十
SAT 周六	14	廿一

2020 庚子年 鼠年

3月 M March 第3周

SUN 周日	15	廿二
MON 周一	16	廿三
TUE 周二	17	廿四
WED 周三	18	廿五
THU 周四	19	廿六
FRI 周五	20	春分
SAT 周六	21	廿八

2020 庚子年 鼠年

3月 M March 第4周

SUN	周日	22	廿九
MON	周一	23	三十
TUE	周二	24	三月
WED	周三	25	初二
THU	周四	26	初三
FRI	周五	27	初四
SAT	周六	28	初五

2020 庚子年 鼠年

4月 A April 第1周

SUN 周日	29	初六
MON 周一	30	初七
TUE 周二	31	初八
WED 周三	1	初九
THU 周四	2	初十
FRI 周五	3	十一
SAT 周六	4	清明

SUN	周日	5	十三
MON	周一	6	十四
TUE	周二	7	十五
WED	周三	8	十六
THU	周四	9	十七
FRI	周五	10	十八
SAT	周六	11	十九

2020 庚子年 鼠年

4月 A April 第3周

SUN 周日	12	二十
MON 周一	13	廿一
TUE 周二	14	廿二
WED 周三	15	廿三
THU 周四	16	廿四
FRI 周五	17	廿五
SAT 周六	18	廿六

2020 庚子年 鼠年

4月 April 第4周

SUN	周日	19	谷雨
MON	周一	20	廿八
TUE	周二	21	廿九
WED	周三	22	三十
THU	周四	23	四月
FRI	周五	24	初二
SAT	周六	25	初三

SUN	周日	26	初四
MON	周一	27	初五
TUE	周二	28	初六
WED	周三	29	初七
THU	周四	30	初八
FRI	周五	1	劳动节
SAT	周六	2	初十

2020 庚子年 鼠年

5月 May M 第1周

SUN	周日	3	十一
MON	周一	4	青年节
TUE	周二	5	立夏
WED	周三	6	十四
THU	周四	7	十五
FRI	周五	8	十六
SAT	周六	9	十七

2020 庚子年 鼠年

5月 May M 第2周

SUN	周日	10	母亲节
MON	周一	11	十九
TUE	周二	12	二十
WED	周三	13	廿一
THU	周四	14	廿二
FRI	周五	15	廿三
SAT	周六	16	廿四

2020 庚子年 鼠年

5月 M May 第3周

SUN 周日	17	廿五
MON 周一	18	廿六
TUE 周二	19	廿七
WED 周三	20	小满
THU 周四	21	廿九
FRI 周五	22	三十
SAT 周六	23	闰四月

2020 庚子年 鼠年

5月 M May 第4周

SUN	周日	24	初二
MON	周一	25	初三
TUE	周二	26	初四
WED	周三	27	初五
THU	周四	28	初六
FRI	周五	29	初七
SAT	周六	30	初八

2020 庚子年 鼠年

June

6月 J 第1周

SUN	周日	31	初九
MON	周一	1	儿童节
TUE	周二	2	十一
WED	周三	3	十二
THU	周四	4	十三
FRI	周五	5	十四
SAT	周六	6	十五

SUN	周日	7	十六
MON	周一	8	十七
TUE	周二	9	十八
WED	周三	10	十九
THU	周四	11	二十
FRI	周五	12	廿一
SAT	周六	13	廿二

2020

庚子年

鼠年

June

6月 J 第3周

SUN 周日	14	廿三
MON 周一	15	廿四
TUE 周二	16	廿五
WED 周三	17	廿六
THU 周四	18	廿七
FRI 周五	19	廿八
SAT 周六	20	廿九

2020 庚子年 鼠年

June

6月 J 第4周

SUN 周日	21	父亲节
MON 周一	22	初二
TUE 周二	23	初三
WED 周三	24	初四
THU 周四	25	端午节
FRI 周五	26	初六
SAT 周六	27	初七

2020 庚子年 鼠年

July

7月 J 第1周

SUN	周日	28	初八
MON	周一	29	初九
TUE	周二	30	初十
WED	周三	1	建党节
THU	周四	2	十二
FRI	周五	3	十三
SAT	周六	4	十四

2020 庚子年 鼠年

July

7月 J 第2周

SUN 周日	5	十五
MON 周一	6	小暑
TUE 周二	7	十七
WED 周三	8	十八
THU 周四	9	十九
FRI 周五	10	二十
SAT 周六	11	廿一

2020 庚子年 鼠年

July
7月 J 第3周

SUN	周日	12	廿二
MON	周一	13	廿三
TUE	周二	14	廿四
WED	周三	15	廿五
THU	周四	16	廿六
FRI	周五	17	廿七
SAT	周六	18	廿八

July
7月 J 第4周

SUN 周日	19	廿九
MON 周一	20	三十
TUE 周二	21	六月
WED 周三	22	大暑
THU 周四	23	初三
FRI 周五	24	初四
SAT 周六	25	初五

2020 庚子年 鼠年

July

7月 J 第5周

SUN	周日	26	初六
MON	周一	27	初七
TUE	周二	28	初八
WED	周三	29	初九
THU	周四	30	初十
FRI	周五	31	十一
SAT	周六	1	建军节

2020 庚子年 鼠年

8月 August A 第1周

SUN	周日	2	十三
MON	周一	3	十四
TUE	周二	4	十五
WED	周三	5	十六
THU	周四	6	十七
FRI	周五	7	立秋
SAT	周六	8	十九

2020 庚子年 鼠年

August

8月 A 第2周

SUN 周日	9	二十
MON 周一	10	廿一
TUE 周二	11	廿二
WED 周三	12	廿三
THU 周四	13	廿四
FRI 周五	14	廿五
SAT 周六	15	廿六

2020 庚子年 鼠年

August
8月 A 第3周

SUN 周日	16	廿七
MON 周一	17	廿八
TUE 周二	18	廿九
WED 周三	19	七月
THU 周四	20	初二
FRI 周五	21	初三
SAT 周六	22	处暑

2020 庚子年 鼠年

8月 August A 第4周

SUN 周日	23	初五
MON 周一	24	初六
TUE 周二	25	七夕
WED 周三	26	初八
THU 周四	27	初九
FRI 周五	28	初十
SAT 周六	29	十一

2020 庚子年 鼠年

August

8月 A 第5周

SUN	周日	30	十二
MON	周一	31	十三